U0055445

奇異果文創

奇思異想之果，溫柔革命閱讀

聽見

從恐怖到愛情

君生我未生，年少為花惱。待得我生時，一紙淒涼調。
問天若有情，許我青春老。他日共君歸，相與黃泉好。
君生我未生，歲月眉間老。我似顧春花，君若悲秋草。
他年君去時，絕做傷心悼。各自化青煙，風裡同纏繞。（唐代歌謠生查子）

自從寫作以來，我一直在想除了血腥之外，加上什麼可以讓讀者對鬼故事印象深刻。然後我想到，也許可以試試看加入愛情的元素，可是什麼樣的愛情才會令讀者感動，又成了我另一個難題。

就在這個時候，很偶然的看見了電視上的倩女幽魂重播，我品嚐著裡頭看似老梗卻讓人無窮回味的劇情，想起很多人對當中深情女鬼的感動，頓時腦中靈光一閃，從椅子上跳了起來。是的，這就是我要的！誰說舊的點子就不好，好的故事就像美酒一樣，時間越久越純越香。

於是這本《聽鬼》就在玫瑰燃燒的熱情中誕生了，當然我不姓蒲，也絕對

和蒲松齡他老人家沒啥關係，只是挪用他神聖的姓氏，為女主角增添一點鬼魅的色彩，這是我很喜歡的故事，希望閱讀本書的人也會喜歡。

曾經有一個我很尊敬的人說過：一個好的劇本必定有友情、親情或愛情，我想這本書主打的，毫無疑問就是愛情。

僅以此書獻給天下所有存有美麗夢想的人，問世間情是何物，直教人生死相許。

在此，玫瑰恭祝各位：天下眷屬皆是有情人。

血玫瑰 二〇一四年六月十六日

目錄

他伸出已經佈滿歲月痕跡的手接住那抹紅，鮮豔的顏色映入眼中像極了離去時她臉上的胭脂。

我趴在他肩膀上，感受著微弱的溫度，血液流逝得很快，我的視線很快就變得迷茫，千年情劫是我的一個坎，而我終究沒有跨過。

我笑著一步步走入池中，感覺鼻間盡是清雅蓮香，情債終須還、情劫終須了，但願來世再不相見。

抬手撫上髮間金釵，那是他第一次送給我的禮物，生生世世、不離不棄，這一次諾言終於可以實現了吧！

「君當如磐石，妾當如蒲葦，蒲葦韌如絲，磐石無轉移！」（東漢樂府詩〈孔雀東南飛〉）陰暗幽涼的殿堂裡，風無聲的在空蕩蕩的屋檐下穿行，我幽幽唱著埋藏在心底最深的渴望。

我將鋒利的指甲在石頭上磨著，想像著將其扎入他胸口的戰慄，愛之山有多高，恨之淵就有多深。

一切好似在半夢半醒間流淌，我的靈魂彷彿被人輕輕撕開來，灌入某種全然陌生的情愫，佛說愛情是致命的毒，為他我甘心沉淪。

原來這世間不是每對男女都可以化成蝶，絕大多數就像這殘缺的蝴蝶，中途便已夭折。愛情太過飄渺，摸不著、看不到，永遠太遠了，沒有人知道它到底是什麼模樣。

我倒臥在他懷中，他執在手上的畫筆不知何時落了地，燭影飄搖掩不住滿屋春色盎然，耳中只聞衣物的磨擦和一聲接著一聲膩的歡愉。

我抬手輕拭，眼角落下一抹晶瑩，帶著腥紅的水珠刺痛了眼，至痛無淚、至悲無語，我以為，自己早已忘記該如何哭泣。

我終於明白自己為何對這幽冥之事充滿欽慕與嚮往，是因為我本就該是這裡的一部分，對琉璃等人那股莫名的親暱，來自於他們都曾飲下我親手奉上的湯，那是世間上最沉也最澀的藥，而今也輪到了我。

風吹著我的衣襬，像凋零的樹葉，在寒風中無助地搖晃，如同我的愛情。最初的登場，也是最終的落幕。

楔子

一紙荒唐言，盡灑心酸淚，誰道箇中癡，冷暖君自知。

我姓蒲，名叫柳兒，父母為我取這個名字頗有蒲柳纖纖的寓意，但事實上我並不是他們親生的女兒，而是某次颱風過後到山里協助賑災的夫婦倆意外救得的昏迷女童。當時五歲的我因過度的驚恐忘了所有和自身相關的記憶，唯一能證明我身分的只有一條繡著子皿二字的絲質手絹。

儘管如此，他們對我卻是極好的，在雙親無微不至的關愛下，我竟從未好奇過關於自己的過去。

或許是受到「蒲」這個姓氏的影響，我自幼便與清朝知名文人蒲松齡結下不解之緣，基於對這位祖爺爺的崇拜，我不僅不害怕鬼怪之事，更總想著有生之年要和他一樣寫出感人肺腑的幽冥鬼話。

為了能夠接近他老人家的思維與經歷，大學時代我甚至不住在學校宿舍，反倒在附近亂葬崗邊搭了間草屋日日與墳為伴，倒也頗有幾分「愛聽秋墳鬼話詩」的味道。

畢業後，秉持著逐夢的浪漫情懷，我更不顧雙親反對拿著所有的積蓄跑到三峽故址附近，在荒煙漫草間開了一間旅館─碧玉堂。取自萬楚《五日觀》：「西遊漫道浣春紗，碧玉今日鬥麗華。」

旅館裡所有的建築都是仿造舊時客棧的模樣，一景一物皆是古色古香，步入其中有如穿梭時空隧道，回到了遙遠的從前。人們都笑我：真是個傻瓜，在這種地方開旅館哪裡會有客人，很快就會倒的。

可他們哪裡知道，我要的從來都不是金錢，是故事，是一則則淹沒在過往哀怨淒楚的綺夢……

在一連串的故事中，有十則是我印象最深刻的，我將它們記錄下來。

那些故事是我某個雨夜所聽見的，我記得那天中午山裡不知為何下起了大雷雨，為了躲雨我從山坳上滾了下來，身上摔出了好幾處瘀痕。

傍晚時分，小小的旅館更是意外湧入了數名未曾預定的房客，晚膳後眾人紛紛聚集在大廳閒聊，扣掉我及女掌櫃外還有八名女孩和一位青年。

其中住單人房的女孩名喚幽月，來自成渝，肌膚如同白玉，吹彈可破；一樓樓梯左邊連著三間房分別是水瑟、墨香和蝶馨，出生於江南水鄉地帶，甜美動人；二樓右側雙人房住的是嫻靜高雅的秋姒、琉璃姊妹倆；另兩人如煙、惜然，聽口音似乎是東北人，模樣活潑豐盈，就連那唯一的男性夢生，秀氣中也帶著一絲陰柔。

我坐在一旁默默觀察他們，總覺得這幾人的言談舉止十分奇特，簡直就像從古書中走出的人物，他們注意到我好奇的目光，回過頭對我微笑，我雙頰發燙一時有些手足無措，不過還好他們都是健談的人，大家很快就打成了一片。

隨著時間推移，月華悄悄偏西，幢幢樹影映在窗上透出幾分詭異與森然，聽著外頭轟轟作響的雷聲，我腦中靈機一動提議每人說一則以自己為主角的鬼故事當作房錢，他們訝異的看了我一眼問：「這種天氣聽鬼故事，妳不怕嗎？」

我彎下頭，看著毫無半分水漬痕跡的地面，神秘的輕揚唇角。

怕呀！怎麼會不怕，可是很難得有機會聽到「真正」的鬼故事，就這麼錯過了，豈不是可惜？

第一章　情債

「那就由我先開始好了，我想在坐的都是曾經受過情愛之苦的人，不如就以愛情故事為題如何？」穿著紅色洋裝的琉璃環視眾人提議，見沒有人反對，開口悠悠說了起來。

§

入我相思門，知我相思苦，長相思兮長相憶，短相思兮無窮極，早知如此絆人心，還如當初莫相識。（李白〈三五七言〉）

深山小道上竹影斑駁，翠綠的枝葉迎風舞動，山頂上有一間形同廢墟的寺廟，最後一任住持在很久以前離開了，逃開欠下的情債，躲到遙遠的某個地方去了。

而我一直在這裡等著，等了很久很久，久到連我自己都快忘了時間，依舊穿著那一身紅，仍高高梳起的髮髻象徵新嫁娘的喜悅，但我的胭脂已經褪了色，髮簪也失去了光采。

可我不願離開，每日提著那繪著牡丹的燈籠在竹林中穿梭。他會回來的！

我這麼堅信著，我相信我手上的燈籠會指引他回家的路。

「老丈，你可曾見到一個和尚經過此地嗎？」

遠遠地，我看見一個老人走近，肩上背著筐剛砍好的柴火，我蓮步輕移飄至他面前柔聲詢問。

「鬼、鬼呀！」

他嚇白了臉，慘叫著東西一扔跌跌撞撞的跑下了山，我撫著自己的臉，先是詫異，然後低低的笑了。

唉呀！我忘了自己已經死了，握在我手上的也不是燈籠而是我的頭，在他離開的第二天，我就不再是人了。

只是我還要等，哪怕魂飛魄散我也要等下去，等那負心的人。

§

「師傅，我不喜歡這裡。咱們離開吧！」小沙彌跟在老和尚身後皺眉，這山太安靜了，靜得有些詭異，他不喜歡，京城的繁華熱鬧，多好呀！

老和尚轉身，把手放在他頭上輕拍，白眉長長地垂了下來，頗有些得道出塵的感覺，也不答話，只是遙望著山頂處幾不可見的青瓦淡淡一笑。

逃了數十年，終究還是回來了，回首前塵，恍若一場幻夢，但欠下的依然要還，一萬多個日子苦心懺悔，終是勘不破……。

當時年輕氣盛，新婚之夜拋下髮妻剃度，人人都道他得了大徹悟，只有自己知道，這一生，他縱是渡盡天下，卻仍負了一個女人。

立心向佛整整五十年，以具緣、訶慾，明白法力業障，人們奉他為高僧。然午夜夢迴之際，卻忘不掉那一身紅衣的悲顏，一字一句含淚的指控鏗鏘有力，未解的塵緣在心底成魔，悄悄地生了根。

一抹豔紅自高處墜落，小沙彌指著青竹訝異的高喊：「師傅您瞧，竹子開花了。」

他伸出已經佈滿歲月痕跡的手接住那抹紅，鮮豔的顏色映入眼中像極了離去時她臉上的胭脂。

藏在心底的秘密隨著日子發酵、醞釀，偶一波動的心念盡是悔字，每本金剛經、伽楞經翻開，都是她或笑或哭的神色。所以他更不敢回來，恐懼得知在他離開後，心愛的女人獨自承受過何種非人的指責。

成拳的手合緊又鬆開，滿山遍野的紅是罪，是他所犯下的罪。

琉璃，我回來了，妳還在等我嗎？

老和尚瞇起的眼在竹林中穿梭，他不知道自己在找什麼，也許心底某個角落，他期待看見她穿著一身的紅，手持燈籠對他微笑的倩影。

一切有為法，皆是夢幻泡影，可偏偏跳不出、掙不開。

§

回來了！

那個人回來了！

竹葉在顫動著，傳遞著他回來的消息，我的身子微微發抖，分不出是喜悅還是憤怒。

我翻出了我的菱花鏡，一筆一筆勾勒著久未描繪的妝容，雪膚紅唇、眉目如畫，還是當年那俏麗的女兒家。

穿上那一襲數年不變的嫁衣霞帔，頭頂著沉重的鳳冠，我望著鏡中佳人抿唇輕笑，這次我要完成當年未完的儀式，然後在他的佛祖前，看看他的心肝究竟是什麼顏色？

愛之欲其生，恨之欲其死。我對他的感情太深、太濃也太過複雜，早已分不清是愛還是恨。

我還記得大紅花轎從家門抬出去的歡呼聲，我還記得鑼鼓連天的慶賀聲，可是他卻殘忍地剝奪了我身為女人的幸福。

我永遠忘不了洞房花燭那刻他奪門而出的背影，我拉著他的手跪在地上，頭都磕破了，可他一眼也沒有看我。

我的衣服破了、我的妝花了，但我沒有放棄，我追著他來到村裡唯一的寺廟門口，緊閉的大門將我阻隔在外，我敲著門不斷哭泣，但是沒有人聽見，大殿上朗朗誦經聲蓋住了我的吶喊，我抬頭看著屋頂的佛，屋樑上慈悲的眉眼依舊。

佛祖！這就是你的大愛？

我在外頭跪了一夜，卻喚不回已變的心，拖著一身狼狽回到夫家，只得到公公火熱的耳光和一紙休書。天地雖大，唯我，無處可去。

不能回娘家的我，穿著新娘裝在深夜的大街失魂落魄的走著，沒想到竟遇上一群喝醉酒的莽夫，我使勁呼救卻沒有半個人聽見，只能悲慘的忍受白玉般的身子蒙上了塵。

最後無助的我身著新娘裝，手持燈籠，吊死在他摯愛的竹林裡，成了一抹無主的渺渺孤魂，日日在竹林間飄盪，等著一個不知歸期的人，我的恨、我的苦，沒有人知道。

佛說：由愛故生憂，由愛故生怖。我在自己最美麗的年華遇上了他，自彼時起，我的心裡有了一行絞碎人心叫做「情」的鐫刻，可如今他又回來了，那就讓他把欠我的還了吧！

百年修得同船渡，千年修得共枕眠。

我和他修到了一世的情，卻沒有修到應有的緣分。

§

推開半掩的木門，老和尚帶著徒弟走進曾經的居所，無人打理的寺廟佈滿塵埃，佛祖的頭上結了一張又一張的蛛網。

阿彌陀佛！罪過，罪過。

老和尚雙手合十立於佛前，香爐內插上一炷清香，許久未聞的鐘聲響起，整個竹林似乎都為之晃動。

空氣中有什麼味道漸漸散了開來，似檀香又似花香，更似女人身上脂粉的香味。

一陣幽風竄入，老和尚心頭驀地一動，佛前盤膝而坐，如懺悔又像低語。

（色不異空空不異色色即是空空即是色受想行識亦復如是……）

「琉璃，是妳嗎？」

小沙彌低聲道：「師傅，這地髒。」

「錯。」老和尚睜眼微笑，「地不髒，髒的是人心。」

小沙彌看著他，合十靜立，眼中茫然不解。

香氣更甚，搖曳燭火彷彿幻影飄飄，紅得刺目。

她是他的魔，也是佛，魔或佛說穿只在一念之間。

「相公！」

幽幽輕喚宛如泣訴，一方絲帕自樑上落下，扶過他的臉龐。

是紅絲帕。

老和尚張眼，豔麗的紅充斥視角，像血一樣。

她來了，已在山坡之上。

還債的時刻，近了！

可還得清嗎？他不知道，還不了的就欠著吧！也許再帶到來生。

「癡迷亦是罪。」佛如是低語。

而他只是笑，情債太重，已成他的結，斬不斷、放不開，心成千千劫。

「徒兒，你該下山去了。」

伸手指向來時小徑，剩下的路他該一人獨行。

「徒兒拜別師傅。」

恭恭敬敬三個響頭，啟程的背影沒有躊躇，只留下老和尚佇立夕暮之中，看著一手帶大的徒弟走回那萬丈紅塵。

天漸漸轉暗，秋風吹進一絲淡淡的蕭瑟。

§

天越見漆黑，四周一片陰暗，只有佛前兩盞燈火搖曳，一陣腥風從外竄了進來，引動門板嘎嘎作響。

老和尚抬起頭，門邊一抹鮮紅佇立，嘴角微揚，像朵綻開的花，青春洋溢一如當年。

我將燈籠掛在門上，修長鳳眼看著眼前的人，染白的毛髮，佈滿歲月滄桑的臉。

「你老了。」我看著他語帶唏噓，當年俊秀的面容已不復在。

「可妳還是一樣美麗，琉璃。」他笑著，思緒飄盪，胸口驀地一熱，竟像當年每次與她相見時那般。

「你該知道，死人的時間不會流動。」垂下的眼多了一絲埋怨，曾經我有機會和心愛的人一起變老，是誰扼殺了它？

老和尚沉默不語，神情多了幾分苦澀，我從中讀到濃濃的愧疚，但遲了，已太遲了。

「我該怎麼補償妳？」他看著我問，本該平靜的眼浮現些微波動。

「在你的佛前，」我挨近他身前，裸露出左肩雪白的肌膚，「娶我為妻。」

他如雷擊似的身體重重震了一下，我靠了過去往他耳邊吹氣，他面紅耳赤，卻不知如何將我推開。

「不要再做出越矩的行為。」他閉上眼沉聲說，可表情是那樣複雜。

我嬌笑著，更加刻意將馨香女體塞入他懷中，汗從他額上落了下來，一滴、一滴……

破損的窗櫺有一下沒一下拍打著，彷彿在嘲弄他自以為是的漠然，我聽得見他體內沸騰滾動的聲音，突地他生出力氣一把將我推離，我斜倚在牆邊鳳冠落地，青絲披垂而下。

「你怕我嗎？」我扭著纖腰向他爬去，如蛇一般與他糾纏，他發出一聲低吼，而胯下的火舌再也忍不住地竄動起來。

我駕馭著他，上半身高高仰起，笑得一臉淫蕩，好高潔的和尚、好清淨的僧人。

老和尚喘著氣，眼中滑下兩道清淚，多年道行付之東流。

§

伏在他身前，我放任體內的火焰熾熱燃燒，從口中吐出膩人的嬌喘，他已經陷入了瘋狂，在佛前，為這慢了五十年的美景良宵。

我的雙手按在他胸口，掌心感受到底下臟器正規律跳動著，只消一用力就可以把他的心挖出來。

忽然，一個小小的布包從老和尚懷裡掉了出來，我撿起細看，裡頭是個綁著兩束青絲的同心結，那拙劣的手法我一眼就認出是我十二歲時做的，我早已死寂的心不明所以的震了一下。

然後我看見一張紙片細細與同心結綑綁在一起，上面是幾句用毛筆寫下的詩文：曾慮多情損梵行，入山又恐別傾城，世間安得雙全法，不負如來不負卿。（傳為西藏六世達賴倉央嘉措所作）

我的手不自覺顫抖著，抵在他肌膚上的利爪居然使不出半分力氣，「不負如來不負卿」，他寫的卿是我嗎？

一股異樣的波動在我內心激盪，冰封已久的情感現出一絲裂痕，我感覺自己竟產生了片刻的心軟。

——快把他的心挖出來，妳忘了他是怎麼對妳了嗎？

催促聲在我腦中盤旋，可我下不了手，雙眼不知為何模糊了視線，幾滴水落了下來，我仰天望著屋頂，並沒有漏水的痕跡呀！

「妳！哭了。」一隻手抬起往我臉上抹去，原來那不是水，是我的淚，我本以為鬼當無淚。

我搖著頭一句話也沒說，壓在他胸口的力道加重，紅色的血滲了出來。

他從口中發出痛呼，卻沒有掙扎，而是將手放在我的手背上，讓利爪深深陷入肉裡，「欠妳的，用我的心來還。」

小小的臟器攤在掌中，吃力的跳動著，我看見它的顏色是耀眼的紅，和我的衣服一樣。

——妳真的想殺他嗎？

眼前恍惚出現一抹帶著嘆息的倩影低語，那似乎能看透內心的眉眼間盡是無邊悲憫，沾血的指不自覺慢慢鬆了開來。

不，我不要他死，我要他活著，帶著痛苦活著。

§

夜即將過去，寺廟的鐘又響起，老和尚一個人趺坐在地上，空氣中還殘留著若有似無的淡淡香氣，而她不在，不在。

他的琉璃終究沒有原諒他。

或許什麼也沒發生，只是他做的一場夢。

可胸口為什麼這麼疼？他打開衣襟，上頭有個紅色的印子，就像被開了個洞。

老和尚不解的抬頭，迎向佛祖垂下的慈容，神秘的微笑似在宣示著：不可說。

廟門口，掛著一盞佈滿塵埃的燈籠，裡頭的蠟燭早已見了底，燈籠外面是兩個碩大的燙金喜字和幾簇象徵富貴的牡丹。

遠處竹林裡，一方紅色的絲帕隨風飄揚，那顏色像血一樣。

誰的情？誰的債？清與不清各有分說，而那夜的真相，只有佛知道。

§

「女鬼真的挖出他的心了嗎？」

故事說完，我在所有人臉上都看到同樣的疑問，究竟是老和尚做了一場夢，還是女鬼心軟了？

「也許都有吧！」琉璃模稜兩可的笑了笑，「莊生夢蝶也好，蝶夢莊生也罷，人生本來就是一場夢不是嗎？」

「雖然那老和尚不怎麼讓人滿意，可我倒是挺喜歡他提的那兩句詩，」蝶馨瞇起眼陶醉的回憶，「世間安得雙全法，不負如來不負卿。多美的意境呀！」

很美嗎？

不知怎麼的，我的心狠狠揪了一下，總覺得這兩句詩有種似曾相識的感覺，好悲傷，好像很久以前曾經有人對我說過類似的話。

我鼻頭一陣酸澀，微悶的胸口竟湧上一股想哭的衝動。

「妳沒事吧？」察覺我的異樣，如煙拍拍我肩膀關心的問。

我搖頭，深吸口氣壓下內心翻滾的異樣情緒，這時第二個故事也開始了，說話的是蝶馨。

第二章　蝶葬

蝶馨眼神透著迷茫，用一種飄渺的眼神看著遠處，閃電映在窗上，一瞬間我感覺她素色的衣裙好似出現斑駁的色彩，她唇瓣緩緩開闔，聲音很輕很輕，讓人有種彷彿隨時要消失的感覺。

§

曾經我是一隻蝶，自由自在舞動於瓣瓣花海之中，清香彩影，醉人心魂如夢。

我最愛徜徉在繽紛繁英之中，品嘗春蘭秋菊的精華，呼吸天地日月的靈氣，然後在漁歌晚唱中，看著採蓮女划動嵐舟幽幽駛向歸途，夕陽在她身後染成玫瑰般的落霞，帶著幾分夢幻色彩，像是仙女姊姊身上最美的彩衣。

我時常幻想著有一天，自己素色的翅膀能染上那斑斕的色彩，人們再也分不出花與蝶的差別。

一直陪著我的仙人說我已經有了五百年道行，很快就可以化成人形，只是我也會面臨一劫，所有仙靈精怪都會面對的——情劫。

我不明白，人們不總說「人間有情」，既是有情，為什麼是劫呢？

不過無所謂，我只是一隻沒有野心的小蝴蝶，對人形不感興趣，也不想知道情是什麼。

仙人聽我這麼說，從口中逸出一聲嘆息，我從他眼中看見光芒閃動，胸口莫名一滯，我在他掌心舞動著想將他身上那不適的煩悶掃去，在我心裡，仙人應該是無憂無慮的。

「傻蝶兒！」一滴水從他眼裡溢出，滴落在我的翅膀上，我突然覺得心重了起來。

我鼓動翅膀飛到他唇邊，探頭輕輕啄了一下，那是我從人間學來叫作「吻」的東西。

他按著唇臉上露出驚愕的神色，半晌後才淡淡道：「蝶兒，別讓我成為妳的劫。」

§

後來仙人離開了，我再也沒有見過他，玉兔說他是到一個叫人間的地方去，去度他最後的一個劫。我似懂非懂的聽著，卻開始懷念起那樹下的一身雪白，想念他喊我蝶兒時促狹的笑容。

他總是說我不懂相思，原來我不是不懂，只是時候未到。

又過了一百年，我終於修成人形，可我還是喜歡用蝴蝶的形貌飛舞著，我希望他回來時一眼就能認出我是他的蝶兒。

可過了很久他還是沒有回來，我心裡不知怎的慌了起來，於是我飛了出去，一處一處找他，經過很多城市，卻始終沒見到那抹熟悉的白。

有什麼東西在我心裡刺了一下，像針似的很痛很痛，我突然感到害怕，怕再也見不到他。

我飛躍過千山萬水，最終來到了京城，人類口中最繁華的城市。

在那裡，我被一間大宅裡傳出的朗朗書聲所吸引，那溫潤的音質像極了他的嗓音，我著魔似地飛了過去。

飛著飛著，忽然間，一張天羅地網朝我撲來，我只覺眼前一片迷芒，接著便被那黏乎乎的銀色細絲纏住。

我猛的抬頭，暗叫一聲糟糕！發現自己不知何時誤闖入了老樹椏之間的「八卦陣」。我吃力的扭動手腳，想擺脫這致命的束縛，可那細絲纏得死緊，我越是掙扎反倒陷得越深。

前方那隻醜陋的蜘蛛朝我露出猙獰的笑容，邁開八條長腿朝我的方向步步逼近，我見到牠摩擦著下顎準備一口咬斷我脖子。

驚慌地閉起眼睛等待即將來臨的疼痛，就在生死關頭時，一顆石子打破蛛網，我趁機逃了開來，理理細長的觸鬚鬆了一口氣。

「真是隻頑皮的蝶兒，要不是遇上我，妳可就成了別人的晚餐了。」

好熟悉的語氣，是誰在說話？

我轉動著赤紅色的眼珠子四處張望，驀地在樹下發現一襲勝雪白衣，和一張我日夜思念的面容。

我終於找到他了！

我在他四周鼓動著翅膀卻不敢靠得太近，深怕一切只是自己午後做得一場夢。

張大眼睛，我細細打量著他，凡間生活沒有磨去他出眾的風采，仍是那樣俊逸出塵、清冷孤高。

我模仿很多年前的動作，湊近他唇邊輕輕點了一下，那肌膚溫熱的體溫如同我記憶中的片段。

「妳是在感謝我嗎？小蝴蝶。」他淺淺一笑，有如雪山之巔偶爾出現的一縷暖陽，融間瞬化了眸中的冰冷，那般溫柔、那般迷人，我看著竟癡癡地醉了。

我在他肩頭舞動，就像過去千百個日子，也知道他不會傷害我，就和以前一樣。

他淺淺低吟，踏歌而行。我追隨他飄動的衣角在庭院中盤旋，注視著他飄然的背影，好似一片飄蕩凡間的雲，瀟灑的不沾半分塵埃。

我的心像奔騰野馬似躁動，我想他永遠不會知道，我有多麼希望，他就是我的劫。

§

接下來的日子裡，我眼中不時幻化出那張讓人刻骨銘心的笑容，久久揮之不去。我懶懶地睡在花蕊裡，少了那份穿梭百花叢的逸致，每日只是趴在他庭院的牆頭，欣賞那脫俗的白。

「多情自古空餘恨，好夢由來最易醒。」烏雲遮蔽了月光，樹影婆娑，一個蒼老低沉的嗓音，如泣如訴。

聲音是從庭院中的湖裡傳出來的，那裡頭躲著一條足足有一個成年男子大腿粗的青蛇，她和我一樣是修行的精怪，不同的是她已經很老了，身上的鱗片幾乎都已脫落。

「妳在和我說話嗎？」我試探的詢問，我們雖然知道彼此的存在，卻從來不曾交談過。

嘶！嘶！吐出的蛇信給了我肯定的答覆。

她告訴我她的名字叫小青，八百年前是西湖畔的一條小蛇，她曾經有個姊姊，姊姊有個很好聽的名字叫白素貞。

那是西子湖畔的一場幻夢，白娘子遇上了許仙，牽起糾纏百世的前債，可夢再美終究是夢，等在盡頭的是金山寺的裊裊鐘聲，是雷峰塔的無盡孤寂。

我靜靜聽著，心裡有種悲傷蔓延，我一直以為情是美好的，可小青讓我知道情還有痛苦的一面。

她告訴了我一個秘密：其實白娘子的故事裡，從來就沒有法海。有的只是一個癡情愚蠢的女人，和一個盲目負心的男人。

這就是人與妖相戀的悲劇，瞬間的燦爛只換來永遠的黑暗，妖的壽命太長，長得僅能在無盡的回憶中，不斷重複戀人消逝的容顏，以及一次一次被拋下的痛苦，最終自取滅亡。

可我不在乎，我只想待在他身邊，哪怕只有一瞬。

那一夜在竹林裡，他雙眉緊蹙好似堆著無數憂愁，手指握著邊關送來的軍報，盈盈月光下那抹白影看來如此單薄，竟似隨時會消逝。

為了搏他一笑，我在他身邊翩飛跳出有生以來最美麗的舞蹈——只為他一人而舞。

我不停的拍動翅膀，盡管很累，卻很開心。

一絲笑意漸漸染上他眉宇，他稱讚我的美麗，稱讚我麗質天成，清風過處，更顯出我的靈動與輕盈。

他攤開手掌，讓我輕輕在他掌心上舞動，望著他略微揚起的唇，我笑著和他幽幽對望，「他可知我願為他舞動一生，至死無悔。」

自此之後，我每日陪在他身邊。

當他撫琴吹笙，我舞動蝶翼相陪；當他伏案攻讀，我靜靜棲落桌頭。我跟著他縱橫沙場，盡覽大漠風光。——有他的地方，就有我的身影。

他的喜，他的悲，他的愁，他的苦，我全都看在眼中。當他歡喜時，我比他更為喜悅，當他悲傷時，我的淚搶先落下，我的喜怒哀樂與他緊緊相扣，只為了他偶一回眸時喊的那聲「蝶兒」。

§

時間過得很快，眨眼間就見楓紅，他的身子本就不好，一受涼即開始咳嗽，本只是輕微的風寒，可因缺乏足夠的休息，竟轉變成了肺炎。

整個宅子裡上上下下都因他的病而陷入慌亂，皇帝派了御醫來看過幾次，換了好幾帖藥方，卻怎麼樣都不見效，御醫說這病根是打從娘胎裡帶出來的，無藥可治。

我心裡急得發疼，整日貼在他枕邊，初時他還會露出虛弱笑容喊我蝶兒，可後來昏迷的次數漸漸多了，一日裡也不見他開眼幾次，我聽見下人竊竊私語，他恐怕撐不過這個冬天。

一陣暈眩讓我差點撞上牆，我不想他死，好不容易才找到他，無論如何也要護他周全。

「生老病死本就是人生必經的路程，妳何苦放不開。」小青從池中探頭勸我，我只是晃動翅膀搖頭，從不曾如此堅持過。

她沒有再開口，只是衝著我一聲嘆息。

夜裡我首次化成人形，在他床邊守了一晚，我未曾如此近距離看過他，修長的睫毛、英挺的鼻樑，還有那性感卻略顯單薄的唇，我情不自禁彎身吻了他，不同於從前單純的吻，這吻裡摻雜了情愛的色彩。

我握著他的手在他耳邊話說從前，一個出塵仙人和小蝴蝶的故事，不知道他能不能聽見，我僅僅想說而已。

一個星期後，他身體慢慢好了起來，可看著我的眼神似乎有了些許不同，憐愛中添了一分我不懂的複雜。

御醫又來了一趟，把著他平穩的脈象直呼是奇蹟，我躲在一旁偷笑，那才不是什麼奇蹟，是我用三百年的道行換來的成果，而我甘之如飴。

晚上，我又偷偷化成人形來到他房裡，我坐在床前靜靜凝視他沉睡的俊顏，他的病已經好得差不多，再不需要我的照顧，我只是想用人身來見他最後一面。

或許是藥物的關係，他睡得很熟，是這兩百多個日子以來最香甜的一次，我情不自禁地伸手輕撫著他的五官，將那眼、耳、鼻、口的輪廓牢牢刻在心中。

我此刻的心情異常矛盾，既希望他睜開眼睛，又不願吵醒他，僅是和他呼吸同樣的空氣，我就感到幸福。

這晚，我破例待到了五更，直到雞啼才戀戀不捨準備離開，從明天起我又將以蝴蝶的身分出現。

「蝶兒要離開了嗎？」就在我推開門的瞬間，身後傳來熟悉的呼喚，他半倚在床上朝我微笑，清醒的雙眼沒有半點剛睡醒的跡象。

「你設計我！」我立即省悟過來，臉脹得通紅，他居然裝睡了整整一個晚上。

「因為我想知道是哪位仙女救了我。」他淘氣地眨眨眼，修長的眼角帶上一絲風流，「果然是個美麗的蝶仙。」

我呆立在原地一句話也說不出來，愣愣地看著他起身朝我走近，低頭吻住了我的唇瓣，酸酸甜甜的感覺，讓我渾身乏力。

後來我不只一次的想，如果我推開他的話，後來的悲劇是否就不會發生。

但是我做不到！

當他摟住我的腰對我說，「蝶兒，永遠陪在我的身邊吧！」我發現自己失去了飛翔的能力。

我成了他的妻，白日我以蝶形陪他四處奔波，夜晚恢復人身照顧他的生活瑣事，小青不只一次勸我：你的愛情會毀滅他！但我全沒有聽進去。

情愛的滋味就像鴆毒，甜得膩人，已至明知有害，仍無法戒掉。

我們形影不離分享著彼此的世界，那是我漫長生命中最快樂的日子。

可人是有好奇心的，儘管他為我創造了個合理的身分，將軍娶了個來路不明卻天仙似地佳人的消息仍了傳開來。

每天都有許多人假藉各種名目來到我們府上，他雖極力避免被人看見我的容貌，但市井傳言依舊不脛而走，最後竟傳到了皇帝耳中。

當龍駕來到將軍府，我從他眼裡看出了不祥，現今皇帝什麼都好，唯獨一點讓人不敢恭維，好色。

為了滿足皇帝對傳言的好奇，我被迫穿著羽衣在席間翩翩起舞，那宛如蝶舞的姿態，令皇帝看得目不轉睛，我從他眼裡見到兩簇燃燒的火焰。

「將軍夫人的舞姿真是動人，此舞只應天上有，人間難得幾回見呀！」一舞結束後，皇帝一雙眼牢牢看著我不住稱讚著，那模樣似要將我吞吃入腹中。

我莫名的感到害怕，直往他身後縮去，他用力握緊我的手，臉色也是一片蒼白。

皇帝若無其事的瞥了他難看的臉一眼，兀自斟酒道：「所謂普天之下莫非王土，率土之濱莫非王城，如此佳人自該歸朕所有，愛卿可否同意？」

「陛下這是何意？」他身上竄出一股騰騰殺氣，手扶住了腰間佩劍。

「陛下看中您府上的夫人，這可是天大的恩典，將軍還不謝恩！」皇帝沒有理會他，逕自享用著膳食，反倒是一旁的小太監拉高尖銳的嗓音回話。

「謝恩！」他一張俊臉罩上寒霜，拔劍重重往桌上劈下，「臣自認出仕以來為陛下立下無數汗馬功勞，陛下的賞賜就是搶奪人妻嗎？」

鋒利質問一出口，皇帝的臉色驀地沉了幾分，森森開口道：「愛卿，朕問你何為君臣之道？」

「君要臣死，臣不得不死；父要子亡，子不得不亡。」他挺直腰桿不卑不亢地回答。

「既然如此，你要為一個女人和朕翻臉？」皇帝目光冷冷的掃下他，強烈的惡意令我一時暈眩。

「臣什麼都可以讓給陛下，可蝶兒不能讓。她是我的妻！」這麼說的同時，他目光深情地看著我，無視皇帝語氣中的威脅，我用餘光瞧見皇帝的嘴角抽搐了幾下。

「好！好！愛卿，朕記下了。」皇帝一掌拍向桌面，狂笑著走出大門，我看著那背影，心中驀然升起不安的預感。

皇帝走後，他輕撫著我的髮絲一句話也沒說，我靜靜偎在他懷裡，兩人一夜未眠，我們彼此都知道，有事要發生了。

次日天方亮，門外就傳來急促的敲門聲，昨天的小太監再次登門到訪，後方跟著大批軍隊，他們說他意圖謀反，要將他就地正法。

我衝上前去想擋在他身前，卻被他推了開來，他手持寶劍昂然而立，身為將軍，自有其驕傲。

我焦急地看著他，可他只是朝著我淡淡一笑，唇形無聲開闔「我願為妳，身墜無間」。

我腦終一陣暈眩，忽然明白，原來我就是他的情劫。

刀光劍影閃動，可沒人能傷他分毫，他就像一尊戰神似地擋在我身前，浴血而戰。

那小太監見狀，用力吹了聲口哨，屋頂上冒出數名弓箭手朝他射箭，他全身被射得像隻刺蝟，仍轉頭朝我微笑。

當他倒下時，我從喉中發出淒厲的慘叫，露出了我的原形，一隻足足有人頭大的蝴蝶，隨後整個天空密密麻麻飛滿了蝴蝶，數量之多頃刻遮蔽了整個長安城的天空，白晝之下竟成一片漆黑。

無數的磷粉自天空落下，接觸到高溫後倏地燃燒起來，方圓百里陷入一片火海，周遭盡是百姓的哀號，聲聲震天宛如地獄。

「妖怪！妖怪呀！」那小太監又驚又怕的尖叫，吩咐御林軍朝我放箭，可箭矢全在碰到我之前就落了地，我搧動翅膀越過高牆，進入那金碧輝煌的宮廷。

進入御花園時，那昏君正擁著妃子在喝酒，渾然不知他的百姓正為了他的愚蠢付出極大代價。

女人斜躺在他胸前，露出大片雪白春光，輕如蟬翼的衣物可以輕易窺見底下嬌嫩的胴體。

看著這淫靡的景象，我嘴角噙著一抹冷絕落地現出了人形，朝皇帝綻放出妖豔的媚笑，他癡癡的看著我，好似連魂都飛了。

我朝他勾勾手指，他推開身上的女人站起身朝我走來，我看見慾望在他眼中燃燒，比當日在將軍府更加熾熱。

「陛下想要我嗎？」我附在皇帝耳邊低低詢問，蔥玉似的手指在他胸前畫著圈。

「妳願意當朕的女人？」他的語氣是那樣的興奮，整個人順勢就要往我身上壓下。

「那要看陛下有多大的誠意了。」我殘忍的勾出一抹嬌笑，手掌慢慢移至他胸口的位置，感受著強而有力的心跳聲。「只怕我要的您給不起。」

「喔！妳想要什麼？」皇帝好奇的看著我，在他眼裡，沒有他得不到的東西。

「我要——」我斜倚在他胸前狀似小鳥依人，驀地指尖用力自他胸膛穿過，戳出個血淋淋的窟窿。

「救命！救命呀！」皇帝按住自己的傷口發出殺豬般慘嚎，我一腳將他踢翻在地，舔舐著指尖上殘留的肉屑。

「你為什麼喊救命呢！不是說什麼都可以給我嗎？」我看著他嗜血地淺笑，「我只不過想嚐嚐你那顆心的味道而已。」

話說完，我的手指又一次狠狠插入，他疼得當場暈了過去，我指尖用力間準備將他的心挖出來。

可一個女人卻撲了過來擋在皇帝身前，她穿著一身鳳袍，臉上滿是歲月的痕跡與憔悴，是早已失寵多時的皇后。

「滾開！」我瞪著她，一雙泛紅的眼滿是恨意，「這個男人是個畜生，濫殺功臣、搶奪人妻，不值得妳維護。」

皇后苦笑，臉上透出一絲酸楚，「我知道他做了什麼，我也知道他該死，可我放不下他。如果真有人要死，就拿我的命抵他的命。」

「妳，何苦。」我的聲音在顫抖，因為這個可憐的女人。

「因為我愛他！」簡單幾個字，如千斤打在我心上，我從她身上看到了我自己。

「這個男人很幸運，希望他懂得珍惜自己的幸運。」僵持一陣，伸出的手緩緩縮回，只為了她，一個和我同樣癡傻的女人。

幽幽一聲嘆息，我又恢復了蝶形，拍動翅膀回到自己的家。

那時，他的屍體倒在地板上已漸漸變得冰冷，我拿起他隨身的寶劍溫柔輕撫，隨即用力刺穿自己的胸膛。

「夫郎等我！有蝶兒在，奈何橋邊你不會寂寞。」

我趴在他肩膀上，感受著微弱的溫度，血液流逝得很快，我的視線很快就變得迷茫，千年情劫是我的一個坎，而我終究沒有跨過。

上邪！我欲與君相知，長命無絕衰。

山無陵，江水為竭，冬雷震震，夏雨雪，

天地合，乃敢與君絕！（漢樂府〈上邪〉）

恍惚間，我好似看見他站在樹下對我微笑，衣袂翩翩，潔白勝雪。

我吃力地凝望他，感覺自己的力氣一點一點抽離，如果真有來生，那我可不可以再做你的蝶兒？

意識消逝之際，我感到身子輕輕被托了起來，一滴微涼的液體落在我翅膀上，帶了點鹹鹹的苦澀，不知是誰的眼淚。

§

說到這裡，蝶馨掩唇無法繼續開口，她將自己纖細的頸項埋在墨香肩膀上，我聽見輕聲嗚咽，斷斷續續飄出。

「心有千千結，結中千千憂，情結、情劫。這世間最難過的就是「情關」呀！」我嘆了口氣，不假思索的脫口而出，這不似我平時會說的話，卻又那樣的自然，彷彿我早已說過好幾回。

幽月朝我投來所見略同的眼神，我看見她眸中螢光閃動，有如風過水面，吹起層層漣漪。

其他幾人禁聲無語，神色也各有千秋，但抹不去的是同樣深在眼底的萬縷愁思，剪不斷、理還亂。

「問世間情為何物，直叫人生死相許。許多人以為感情是求不得苦，卻不知求得後才是真正苦的開始。」

一席話驀然躍入我的腦中，我想不起說話的人是誰，卻記得他有一雙很溫柔的眼睛，溫柔到讓我感到心痛……

頭，突然些疼，好像有什麼被遺忘的東西試圖破繭而出。

第三章　月魂

窗外的月光灑在幽月身上，透著一股無助的柔美，好像她原本就該是屬於月亮的一部分，幾聲低吟，故事從輕啟的唇瓣流瀉而出。

§

農曆十五，家家戶戶團圓的日子，可我只有一個人，靜靜的四處飄盪，歡慶的聲響更添一抹悲愴的寂寥，天上人間的對比竟如此極端。

月亮很美，美得無情而冰冷，人們仰望天穹看見的是月明星燦，而我只看見孤獨，奈何橋上三生三世，只換了心死的絕望，人世間的愛情對我來說太迷茫也難懂，就像是罌粟的花朵嬌豔動人，卻也暗藏致命的劇毒。

很久以前我住在月亮上面，和我的主人一起從上頭仰望人間，那美麗的廣寒宮仙子總是用飽含擔憂和愁思的雙眼注視著人群，更正確的說，是人群中的某個男人。

然後主人會獨自躲在月桂樹下默默垂淚，那一顆顆晶瑩的淚珠灑在樹根，好似連桂樹也染上淡淡憂思。

「您為什麼每看一次都哭得這麼傷心，卻還是要看那人呢？」還是原形的我晃著毛茸茸的小腦袋表示疑惑，既然難過就不要看了呀！

主人看著我，漂亮的眼裡閃過奇異的光芒，輕輕捧起我的身子到與自己視線平齊的高度，「小傻瓜，因為我愛他！即使傷心、難過仍然想陪在對方身邊的，就是愛情呀！」

凝視主人有些夢幻的表情，我輕輕的搖頭，明明每個字我都知道意思，可合在一起卻一句也聽不懂。

「聽不懂很好，但願妳永遠都沒有聽得懂那天。」主人將我緊緊摟在懷裡，我感覺頭上有些冰冷，她又哭了！

後來，和我親近的小蝶仙去了人間，我又問主人：「人間好玩嘛？」

她沒有說話，好看的臉露出想哭又哭不出的表情，從此我學會了沉默，卻對人世多了幾分嚮往。

五百年過去，我終於修成了人形，人間五彩繽紛的世界對我的吸引更大了，我迫不及待的想要融入那個塵世，主人神色複雜的望著我，我讀不出其他情感，可我看出其中一種情緒叫作擔心。

拗不過我的堅持，她領著我來到黃泉一座名為奈何的橋邊。

據說橋尾有一個叫孟婆的女人候在那裡，給每一個經過的路人遞上一碗孟婆湯，那湯還有另外一個很好聽的名字，叫忘憂水，凡是喝過忘憂水的人就會忘記所有前塵往事，像只白紙般迎向下一世的輪迴。

一個個面無表情的人從我身邊經過，穿著相似的白色長衣，同樣足不點地，稍有差異的是他們當中有的垂首而過，有的頻頻回首，有的健步如飛。我看著他們過橋覺得有趣，卻沒有發現這是一座只能單向前行的橋，一旦上了橋就不能再回頭。

「過了奈何橋，喝了孟婆湯，妳就不再是妳。」主人握著我的手，語調不自覺顫抖，我微笑著接過孟婆湯，不大的瓷碗重量卻異常的沉。

孟婆讀出我臉上的詫異，於是告訴我，那碗裡頭裝的是人世間的七情六慾，所以自然是沉的。

我將那濃湯一口灌下，感覺熾熱的液體在腹內滑動，耳中清楚聽見孟婆低聲長嘆，接著意識逐漸模糊，陷入千古幽冥。

第一世

公元前二〇〇年，蠻夷屢犯邊境，新朝國主御駕親征，在邊城之役大敗而歸，建朝不久的朝廷陷入了極慘淡的境地，為了挽回皇室聲望，官員上書建議選出一名公主嫁給鬼方首領屠邪以熄戰火。

幽幽宮闈一角，被遺忘的殿堂深處，金雕玉砌的奢華下，處處透露著空寂與虛無。

這裡是皇室裡被遺忘的角落，沉穩而安靜，最適合像我這種格格不入的人，沒有皇室血脈卻背負著公主的封號，等待著即將來臨的未知。

我是宗室裡公認最美麗的少女，母親是皇上姨母之女，而這卻注定了我悲劇的未來。

曾經我也有過平凡的人生，在父母的寵愛下過了十六個幸福的春華秋實，和許多鄰里女孩一樣對未來的夫婿充滿甜美幻想，可那一場敗仗、一道聖旨，瞬間將我推入萬劫不復的深淵。

當那些人抬著大紅轎子來到我家門前時，母親抱著我哭個不停，我們在淚水中接下了皇帝的恩典，我蒙受聖上恩寵受封為公主，將在一個月後代表皇室與鬼方和親。

我被轎子抬進了宮裡，女官們逼著我學一些繁複的禮節，剛開始很害怕，每天只是哭，幾天後我漸漸習慣了，被迫成長的眼裡添上沉默與滄桑，偶爾我會聽見宮女竊竊私語談論關於鬼方的種種。據說那是個野蠻民族，既殘暴又嗜殺，歷代的鬼方王個個都荒淫無道。

一個月後，出嫁的行伍啟程，我那苦命的母親追在後頭沿途哭喊我的名，我咬著牙不忍回首，經此別後就是永遠，過了黃河只剩下漫無人煙的荒漠和風捲黃沙的嘯聲，往後天涯相隔生死茫茫，今生再無相會之期。

車馬終於抵達鬼方城，迎親的隊伍零零散散，衛士們眼中盡是不屑，鬼方首領並沒有前來迎接，他早已有了心愛的閼氏，而且還懷了孕，我只不過是中原與鬼方彼此牽制的一顆棋子。

鬼方的都城沒有中原長安的莊嚴富麗，卻獨在天地之間孕出雄踞一方的霸氣，我隱隱感覺出龍與虎的不同；虎雄據一方，龍直上九霄。

經過多日的沐浴齋戒，我終於見到了和親的夫婿—鬼方首領屠邪。

那是個身材高碩的男子，有著刀刻似的深邃五官，藍色的眼珠像我最嚮往的藍天，我不自覺地伸出青蔥般的手指輕輕撫摸他的面頰，感覺內心某個地方變得柔軟起來。

我發現，他根本不像外界所謠傳的那麼殘暴。他是很好戰，但掠奪是草原民族的天性，而且他在戰爭的過程中從不傷害無辜百姓，在我心裡他是個好君王，甚至勝過我應該崇敬的天子。

他對我百般寵愛，會帶我去看大漠飛鷹，會陪我躺在草原上數星星，會附在我耳邊訴說著他的夢想，更會一再重複著在他眼中我有多麼美麗。我不知道這是不是愛，但在孤獨的異鄉，我貪婪戀上他所給予的溫柔。

後來有天閼氏來到了我面前，眼神寫滿妒恨與憤怒，然後她遣走了所有侍女，恨恨的打了我幾個巴掌，卻在聽見外頭的腳步聲走近時，用自己的肚子死命撞上桌腳，鮮血流淌一地，我嚇呆了，竟發不出半點聲音。

他走進帳裡一句話也不說，只狠狠給了我一耳光，我摀著臉連疼痛都感覺不到，只是看著他抱起閼氏躺在血泊中的身軀頭也不回的離開，我見到閼氏倒在他懷裡虛弱的訕笑，那是詭計得逞的示威。

他沒有對我說任何重話，卻也沒有再出現過，閼氏的孩子最終沒有保住，所有人都認為是我的錯，我心裡難受，疼得連呼吸都很辛苦。

一個晚上我溜出了帳篷來到他的營帳，他見到我眼神顯得相當複雜，我注意到他的拳頭好幾次握緊又鬆開。

我走到他面前緩緩開口，問了我深藏在心裡的疑問：「你相不相信我？」

他盯著我沉默不語，半晌後幽幽道：「妳走吧！在我更恨妳之前。」

聽到這句話，我的心崩潰了，勾起一抹冷絕的笑容，在驚愕的目光中，我衝上前搶下他掛在營帳上的佩刀，用力刺入自己胸膛，生無可戀寧為鬼！

公元前一九四年，皇室和親公主自盡身亡，芳齡二十有一。

第二世

時光飛逝，歲月荏苒。轉眼，又是一次輪迴。

繁華盛世，我是洛陽城底下一戶秀才人家的女兒，綻開在這紙醉金迷、歌舞昇平的時代下，溫柔鄉中的一朵素蓮。

不施脂粉、淡掃蛾眉，一身素裝的我在繁華染缸中是不起眼的存在，然而我曾深信這種平靜與安祥就是最大的幸福。

爹爹自小替我訂了一門娃娃親，對象是與我們隔了一條街的宋府大公子，我頭次見他時只有五歲，他的眼神那樣深邃、笑容那樣迷人，我看著他，知道這人就是我往後的夫、我的天。

他比我大了五歲，已經略通人事，伸出手在我這小新娘頭上搓揉著，目光溫柔得像三月徐風，我感覺整個人輕飄飄，好似隨時要化掉。

一抹可疑的緋紅染上我的雙頰，我垂下頭聽見風中隱隱傳來朗誦詩歌的聲音：妾髮初覆額，折花門前劇。郎騎竹馬來，繞床弄青梅。

自此以後，我經常靠窗而立，引首企盼，就為了等待他騎馬而過的颯爽風采，他也總會轉頭看向我所站的位置，露出似笑非笑的神情。

十六歲那年，我如願成了他的新娘，他對我萬般疼愛，不管任何時候，只要有空就會帶我四處走動，整個長安城附近都留有我們共同的足跡。

每個夜裡，他總喜歡將我摟在懷中，用下巴的鬍碴在我額上摩擦，或是輕咬著我嬌小剔透的耳垂，他常說愛我不施脂粉的模樣，外頭那些女人身上過重的香粉總逼得他喘不過氣。

我們過了兩年快樂的日子，有天外頭傳來鞭炮聲，原來他高中了狀元，被皇上封為兵部侍郎，我開心的換上自己最漂亮的衣服，並且細細在臉上塗抹脂粉，可當晚他沒有回來，這是成親之後他第一次不在家。

後來他外宿的日子越來越多，每隔三、五天他就會消失一段時間，總是告訴我他忙於工作，可是鄰居有人卻看見他夜裡進入御史大夫宅邸，為的是見御史大人的獨生女。

我始終不願相信，直到他拿著一紙休書丟在我面前，我流淚看著他，顫抖的問：「我犯了什麼錯你要休我？」
「妳只是個普通人家的女兒，給得了我要的榮華富貴嗎？」他面無表情的開口，那絕情而殘忍的目光是我從未見過的，我突然覺得好冷好冷。
「我不會走的，死也不走！」我看著他淡淡的說，我是他的妻，生是宋家人死是宋家鬼。
「是嗎？」他笑得詭異，讓我打從心底發毛，可我不甘心，這是我的家，我不願放手。
他走了，頭也不回的離開，只剩我一個人對著孤零零的大屋，下人們早就都被帶走了，宅院裡除了孤寂什麼也沒剩下。
過了幾天，他帶了一大群人回來，在屋裡翻箱倒櫃的找，我不明白他想要做什麼，可他嘴角的笑像一隻最毒的蛇，沒來由讓我害怕。
那群人從屋裡的角落搜出了一疊書信，那裏面全都是不堪入目的淫詩艷辭，最讓我驚恐的是，信上竟分明是我的筆跡。
我百口莫辯，就這麼被扣上一個私通情郎的罪名，「我沒有，我沒有」，我不斷地高喊著，可沒有人相信我。
正月初五，宋家宗長判我浸豬籠，我被裝在一人高的細窄竹籠，一聲又一聲喊著他的名，他只是默默看著我被人綁起手腳，一句話也沒說。

行刑之前，他朝我這兒走來，我心裡一陣激動，顧不得喉嚨早已喊到出血，使盡殘餘的力氣不斷重複著：「我沒有偷人，沒有。」

他愣愣看了我一會兒，極輕地嘆了口氣，附在我耳邊說：「我知道妳沒有偷人，因為那些信是我寫得。」

我還來不及反應，已經被推入水中，妝髮被泥水弄污，在水中載浮載沉，可我雙眼始終死死盯著他，直到被河水吞沒那一刻。

當最後一次浮出水面時，我仰天瘋狂地笑了起來，這就是我的丈夫、我的天。

第三世

清　乙卯年間——

梨花似雪草如煙，春在秦淮兩岸邊，一帶妝樓臨水蓋，家家粉影照嬋娟。

（桃花扇）

儘管身處戰亂，秦淮河畔依舊風光媚人，就像一杯最純的酒，讓多少人張口飲下後忘卻塵寰俗世，臥倒石榴裙下，夜夜笙歌。

我坐於鏡前，梳理一頭烏絲，宮殿的外頭是那樣的安靜，讓我想起曾經的秦淮風光，鼎沸的人聲幾乎掀開頭上屋簷，而我立於窗畔抿唇輕笑。笑那些自許清高的騷人墨客、風流才子，一旦進了燕語鶯啼、軟玉溫香的芙蓉帳，終究是一樣的。

陳圓圓這個名字，是時代底下的傳奇，一個從秦淮煙雨走進京城龍榻的女人，一個讓男人衝冠一怒拱手江山的女人，只是有多少人記得，我真正的名字叫邢沅，我曾經只是純樸的奔牛鎮上一個小家碧玉。

當我見到他的時候，還以為這就是我的幸福，他的眼神那樣真摯，讓我深深陷了下去，在我眼裡他比皇帝更像個男人。

被李自成帶進宮裡時我很害怕，一個男人渴求女人的目光我太熟悉了，支撐我的信念是他的愛情，我相信他會救我，不論有多麼困難。

可我沒有想過他會為了我引外族入關，那樣的情感沉重得讓我窒息，百姓的哭泣與咒罵時時在我耳中縈繞，我看著他感覺異常陌生，當年手握重兵鎮守山海關，氣宇軒昂彷彿能撐起半片江山的英雄，到哪去了？

儘管如此我還是愛他，只要能跟在他身邊，承受罵名也沒關係，但他的行為已經失了常軌，甚至與自己曾忠心侍奉的君王兵戎相向，使大江南北掀起滾滾硝煙，我默默看著這一切，不免黯然神傷。

為了救我一個人卻讓天下萬民陷於水火之中。呵，這難道不是債嗎？

後來我隨他來到了昆明，每每思及他所做的錯事就淚流滿面，日子久了雙方感情慢慢轉淡，我躲在王府靜室中參禪，他則尋了四方觀音、八面觀音等美女納入王府，我知道我們之間的距離越來越遠，他再也不是當初我託付終身的情郎。

梳妝完畢，我從回憶歸於現實，看著鏡裡那張仍舊傾國的容顏，千頭萬緒在心底盤旋，我推開窗遙望校場方向，好似看見他穿著戰甲立於高台之上，我知道他準備進行人生最後的豪賭。

昨天夜裡他來到我房前，隔著門我們聊了一夜，但我最終沒有見他，相見不如懷念，有情還似無情。

震天擂鼓響徹四方，我看見他高舉戰旗準備上馬，腦中卻想起當他決定反叛舉事時，手下一名將領拒絕與他合作而作的詩：

李陵心事久風塵，三十年來詎臥薪？

復楚未能先覆楚，帝秦何必又亡秦。
丹心早為紅顏改，青史難寬白髮人。
永夜角聲應不寐，那堪思子又思親。

太遲了，不管他想做的是什麼都太遲了！

大軍開拔漸行漸遠，他自馬上轉身看向我所在位置，我不知他是否見到了我，但我還是抬起手緩緩朝他揮動，就像是十幾年前他返回山海關的那個清晨。

只是這次，我．不．再．等．他！

轉身來到後院，蓮池裡的花朵開得那樣美麗，就像是故里門前那片橫塘水，迷茫中我似乎看見採蓮人在湖面歌唱，「江南可採蓮，蓮葉何田田」。

我笑著一步步走入池中，感覺鼻間盡是清雅蓮香，情債終須還、情劫終須了，但願來世再不相見。

池水終至滅頂，我閉上眼睛，魂歸九泉。

∞

三世的情愛糾葛，三世的肝腸寸斷，驀然回首，原不過曇花一現。

我又來到了石橋邊，奈何橋上人們依舊往同一個方向走著，我看見孟婆和我的主人站在橋頭，比肩而立。

一股莫名的酸澀湧上，我衝上前去如同以前沒有化成人形時那般偎在她懷中。

主人伸手輕撫著我的背脊，眼中帶上一絲愛憐道：「癡兒，人世間的情感好玩嗎？」

我聞言再也忍不住大聲哭了起來，我終於知道主人垂淚的原因，卻寧可自己永遠都不知道。

孟婆看著我幽幽道：「妳的第二世本不該枉死，是勾魂司把人拿錯了，閻王爺承諾給妳一個心願，讓妳帶到下一世。」

「已經夠了，」我輕輕地搖頭，對於萬丈紅塵我已沒有任何眷戀，「我不想再當人了。」

「可是，這是地府欠妳的。」孟婆很是為難，這是上頭的命令，她沒辦法做主。

我轉頭看主人，她用力的握住我的手，正如數百年前在月宮時一樣，她眼神透露諒解，「那麼，請再給我一碗孟婆湯。」

記不得哪個朝代，有人說過，相濡以沫，不如相忘於江湖。也有人說過，相見爭如不見，有情何似無情。

半炷香後，一名美麗女子抱著一隻白兔慢慢離開奈何橋，白兔的唇邊殘留著些許湯藥的痕跡。

§

「我不喜歡這個故事，女主角太軟弱了。」惜然從鼻中哼出不屑，展現出東北姑娘不讓巾幗的脾氣。

我同意的點了下頭，思緒卻仍停留在故事之中，孟婆湯、孟婆湯，這名詞為啥如此耳熟，熟倒讓我有乎吸急促的感覺。

電光火石間，一幕模糊的影像從眼前掠過。

「從今天起醞望台就是妳的家，妳的工作就是洗去靈魂從人世帶來的喜怒哀樂……」

泛黃畫面中，有個人一直陪我熬煮著一鍋鍋似酒非酒的湯，以情為引參雜著甘、苦、辛、酸、鹹五種口味，那人的面孔已然模糊，唯有那湯的味道好似仍縈繞不去。

「妳的故事會比較幸福？不見得吧！」就在我沉浸在自己的世界中時，水瑟冷然開口語氣中滿是不悅，周遭的溫度頓時連降數度，我縮著身子不由打顫，空氣中似乎有隱隱的火花竄動，眼看一場糾紛勢必在所難免。

忽然，一直閉著眼睛的夢生開口道：「別吵了，換我來說故事吧！正好讓妳們聽聽崑曲放鬆精神。」

場面立刻回復正常，我看見他們眼中發出亮光，好像是年輕女孩看見偶像藝人時的模樣。我心裡暗暗疑惑，難道這夢生竟是知名的崑曲演員？怎的我從未聽過他名字。

第四章　牡丹淚

正思量著，他已揮動衣袖，架式十足的站起身來，眼波流轉間，竟好似變成了嬌滴滴的女紅妝。

§

「原來奼紫嫣紅開遍，似這般都付與斷井頹垣。
良辰美景奈何天，賞心樂事誰家院？
朝飛暮卷，雲霞翠軒，雨絲風片，煙波畫船，錦屏人忒看的這韶光賤！」

夕照下，我舞動衣袖在亭中翩然高歌，周圍是潔淨如雪的白玉欄杆，碧紅漆柱，靛青琉璃瓦，五角飛檐上銅鈴高掛，這亭有個很美的名字，叫的是牡丹亭。

可亭的四近早已荒蕪，黑色的瓦、青色的牆、佈滿濕滑的青苔，朱紅色的門扉上漆色斑駁脫落，露出底下有些破損的木紋，彷彿時間留下不可磨滅的刻印。門前一口枯井，邊緣爬滿藤蔓，風吹來細枝飄動，帶著一抹說不出的森然。

但我的亭還是那樣美麗，開滿各式各樣的牡丹，舉凡玉樓春、國豔、天仙甚至　樓子和舞青貌，只要喊得出名兒沒有見不到的，本國再也找不出第二個地方能有如此好的牡丹。

人們總說，這亭裡真正最好的牡丹，是叫不出名字的那株，可他們不知道，那豔麗的外表底下，埋著數不盡的白骨，他們的血與肉提供著花朵成長的養分，使得那花瓣鮮紅似血。

但我並非牡丹的精靈，在三十五年前我曾經是上海戲班子裡最紅的花旦，我的名字叫夢生。

可有那麼個人總愛喚我麗娘，杜麗娘，就和牡丹亭中的女主角一模一樣，他最喜歡看我舞動衣袖，在高台上表演遊園驚夢。

§

認識他的時候我只有十四歲，那天是我初次登台的表演，扮的是杜麗娘，唱的是牡丹亭那瑰麗的夢，演的是湯顯祖最出名的那折——驚夢。

那一天我一唱成名，成了這十里洋場裡最紅的角兒，所有人鴉雀無聲，一雙雙瞪直的眼愣愣看著那台上清麗的人影，聽著那如淒如訴的閨怨春秋，看台上的人淚流滿面連妝都花了，好似「他」真的變成了她。

散場那一刻，所有人都還沒從夢中清醒，沒有半個人發出喝采，一片靜悄悄，然後我見到寂靜中一個穿著藍色長襖的男子站起身使勁鼓掌，人們臉上露出大夢初醒的表情，某種異樣的感覺滑過我心頭。

素來不喜愛陌生人的我，破例地朝他露出一抹燦爛笑容，本不過是出自感激，誰料到這一笑就是魂牽夢縈。

他似乎呆住了，眼中盈滿震驚，我臉上突地一熱，竟產生逃離之意，那眼神太過熱烈，讓人難以承受。

我胸口劇烈跳動，幾乎有些承受不住，紅霞飛上我的臉，幸好上頭的粉遮住我的赧顏，我朝觀眾躬身作揖步履匆匆轉回後台，我能感覺身後那炙熱目光緊緊跟隨。

莫名的倉促讓我腳下一拐，一不注意竟從高台上摔了下來，底下的人發出尖叫，我驚恐的閉上眼不敢想像與地面接觸的瞬間。

然而疼痛並沒有如預期中降臨，我感覺自己似乎落在某個人懷中，睜開眼一張放大的俊顏出現在我面前，深邃的目光彷彿要將我吸入。

他長得很好看，我沒見過比他更英俊的男人，刀削似的五官帶了點孩子氣，眉宇間透著掩飾不住的張揚，我尷尬的推開他，聽見他從喉中發出低低的笑聲。

「有什麼好笑的？」我回首惡狠狠瞪著他，這個人實在無禮。

他沒有開口，笑容帶上一絲邪氣，揪得我心裡發慌。

「我在問你話呢！」我壓下巨大的心跳再次開口，不明白他的眼神是什麼意思。

他依然不答，只是深深凝望著我，我胸口煩躁不已轉身就想離開，可袖子卻被人用力拉住。

只覺一道金光閃過，還看不清發生了什麼事，頭上驀地一沉，我伸手往上一摸，盤起的髮髻上插著一支釵。

「把你的東西收回去，我是個男人。」我沒好氣的瞥他一眼，抬手就想將金釵拔下，方才的好感全數消失，這人原來也不過是個風流的紈褲子弟，真是辜負了那身好樣貌。

「別！」他制止我，用旁人聽不見的音量低語：「留下，就當是柳夢梅送給杜麗娘的定情信物吧！」

這人是個瘋子！

我怔怔地看著他，好半天說不出一句話來，直到他離開，我還傻傻地愣在原地，旁人只當我是方才受了驚嚇也不怎地在意，卻不知我的腦中亂糟糟地糾成一團，等我回過神時，那支金釵正平穩地躺在我掌心，上頭綻放著一朵朵豔麗的牡丹。

§

落魄的大宅裡，一名佝僂的老人獨自坐在書房裡，陰暗空間裡只有一盞微弱的燭火相伴，花白的髮透著歲月的痕跡。

年代久遠的木桌上，放著一張泛黃的照片，是兩個人的合影，一男一女，男的穿著長衫馬褂的傳統裝束，女的上半身是十八鑲素面繡花短襖，下搭黑色長裙，肩上圍著一條皮坎，兩人的外貌都是那樣突出讓人過目難忘，卻沒有人知道照片裡讓他心心念念十幾年的美人，其實是男扮女裝。

「夢生！」一長滿斑紋的手指顫抖著滑過照片中人的臉龐，沙啞的嗓音喃喃低語，目光在瞧見那人髮上金釵時變得迷茫。

他還記得第一次見面的時候，是那人初次登台，有些生澀的技巧被他投入的演出蓋過，一夜之間轟動十里洋場，那哀怨悲涼的曲調、含癡帶怨的眼眸，比起真正的女子猶勝三分，特別是退場時那抹笑，更是深深地震撼了他。

就為了那笑容，生平第一次他做了別人口中的風流客，硬是將一支金釵插在他髮上，即使那人氣急敗壞的說自己是男的，他依舊不為所動，甚至說出連自己都感到荒謬的理由，他還記得那支釵原本是要送給未過門的妻子。

可他們之間卻等不來才子佳人的故事，因為夢生是個男人，不管他在台上的扮相有多美，終究還是個男人。

與戲子有染，又是個男戲子，已經不是敗壞門風那樣簡單。十里洋場哪裡有所謂的秘密？事情到底是曝光了，家裡的人給他定了親，幾個大版面的篇幅硬是將那些汙言穢語給壓了下去。

提親那天，他抱著夢生哭得很慘，那人安慰他：「這樣也好，我是個戲子，舞台就是我的命。」

「則為你如花美眷，
似水流年，
是答兒閒尋遍，
在幽閨自憐。
轉過這芍藥欄前，
緊靠著湖山石邊，

和你把領扣鬆，衣帶寬。」

身後的老唱片放著如泣如訴的戲文，伴著哀怨曲調幽幽送入，恰鬼似魅……

「好景豔陽天，萬紫千紅盡開遍。

滿雕欄寶砌，雲簇霞鮮。

督春工連夜芳菲，慎莫待曉風吹顫，

為佳人才子諧繾綣，

夢兒中有十分歡抃。」

淒冷曲調在老人耳邊迴盪，近得像是一聲聲嘆息，絲絲寒氣沁入心房；遠得好似在太虛之中，令人無從捉摸。這曲、這詞，對他曾是何等熟悉，曾是那樣的難以忘懷。

這是那人最愛的曲、最愛的詞，每唱一遍便淚流滿面，只是這人已經不在了，很久以前就不在了，即使步步退讓，依舊留不住。

在他成親那天，在那高台之上，奢華的鳳冠霞帔加身，絕美的姿容將新娘給生生比了下去。

他還記得那日唱的是昭君出塞，最後一幕遙寄玉門別君王，清酒入喉，戲自然落幕，可是那人卻坐在台上沒有動，眼中著微醺的迷離。誰也沒想到夢生飲下的三杯假酒，被那穿著嫁衣的女人——他未過門的妻，換成了三杯毒酒。

而那人是知道的，卻還是喝進肚裡，只為了死在他面前，成全這無望結局中最後的奢望。別君王，這一別果成永別。

他衝上了台，瘋狂地抱住那沒有溫度的身軀，充血的眼嚇壞了新娘，婚事最終沒有辦成，而他一夜白髮。

§

血，一滴、一滴從我衣袖滑落，在地上凝成一條血路，紅得刺目讓人視之膽寒，我恍然未覺踏步急急而行，就在方才我終於湊齊了七七四十九人的血，染成這鮮紅嫁衣。

當我的手刺穿那溫熱胸膛時，那迷路的孩子張著不解的眼迷惑的看著我，他的年紀還太小，不懂什麼是死亡，飄出身體的靈魂兀自帶著茫然。

可我沒有時間停留，今夜是我五十年的忌日，我年復一年忍著不願喝孟婆送來的湯，等了這樣長的歲月，終於可以見他一面，他還在等著我嗎？

行經湖畔，我停下腳步整理妝容，用活人鮮血浸濡過的人皮晶瑩剔透，在月光下有誘人一吻的吸引力，細長的眉眼、挺直的鼻梁、嬌俏的紅唇活脫脫是個美人胚子，可眉宇間不容忽視的那股英氣，又比任何脂粉都來得魅人。

我輕輕撫著頸畔黑亮的烏絲，這不是我的髮，而是來自那害死我的女人。頭七回魂那天，我扒下了她整張頭皮，乾乾淨淨沒有流半滴血。

我本不想殺人，可我恨呀！我只是想愛而已，她卻連我愛的權利都剝奪，甚至在下葬時買通仵作削去了我一頭引以為傲的髮。

那女人根本不懂，在茫茫人海中我遇見了他，就像牡丹亭中的麗娘一樣，愛情就是我的全部，她可以折我、辱我，可不能毀了我愛的權利。

「這一霎天留人便，
草藉花眠，
則把雲鬟點紅鬆翠偏。
見了你緊相偎，慢廝連，
恨不得肉兒般和你團成片也。
逗的個日下胭脂雨上鮮，妙！
我欲去還留戀，
相看儼然，早難道這好處相逢無一言。」

我哼著熟悉的曲調繼續趕路，沾了血的花鞋沿途落下一個個紅色印子，我聽見路人對憑空冒出血漬的倒抽氣聲。

幸好他們看不見我，否則我這一身喜氣的紅怕是會嚇死人，光是牙齒串成的項鍊，以及鳳冠頂上那權充為夜明珠的眼睛，就夠恐怖的了。

夜裡的濕氣很重，我擔心弄髒了我的嫁衣，拉起裙襬焦急的往走著，沿途許多鬼魂和我擦身而過，他們的步履輕盈、面無表情，一看就知道是趕著去投胎的；也有些和我一樣，腳步沉重蹣跚而行，渾身散發出濃濃的執著，逆著方向堅持回到人間。

亡魂所走的路是很幽暗的，只有少數與人世重疊，慶幸的是我手上有燈，那微弱的光芒引導著我回家的路，周遭陰風慘淡的吹著，捲動一地緋紅。

我初來時鬼卒說這是彼岸花，花不見葉，有葉無花，花葉兩不見，生生彼岸相錯，亡者以血滴之，可見生前事。

而今，我尋途歸去，渺渺芳魂與嫋嫋花香糾結，過往一幕幕浮現眼前，回首前塵宛如一夢，愛恨情仇歷歷在目，凝成胸口解不開的結。

「就算回去，你們也回不了從前了。」

花海中，一名女子若隱若現的身影對我搖頭，我當然明白，我只是想再見他一面，如此而已。

抬手撫上髮間金釵，那是他第一次送給我的禮物，生生世世、不離不棄，這一次諾言終於可以實現了吧！

一滴水從我頰邊滑落，分明是夜間的露水，卻模糊了我的眼。

§

老人將手背在身後緩緩站起身來，炯炯有神的眼盯住牆上的老爺鐘，滴答滴答，再一分鐘就過了子時，是夢生五十年的忌日，根據傳說，這天死者可以回到陽世探望自己的親人。

十多年來每到這一天，他就會支開屋裡所有的人，可那人一次也沒有回來過，這一次若還是等不到，就再也沒有機會了。

他的人生即將走到盡頭，他不怕死，卻怕死後依然見不著他。

時鐘一下下敲著，唱片中的聲音唱得越發淒楚動人，彷彿可以想像那人唱得淚流滿面的樣子。

「夢回鶯囀，亂煞年光遍。

人立小庭深院。

炷盡沉煙，

拋殘繡線，恁今春關情似去年？」

忽地，另有聲音自遠方傳來，幽婉纏綿和唱片中一模一樣，唯一不同的是那聲音唱的不是遊園驚而是昭君出塞。

「飄渺一似雲飛，又見漢水連天，漢水連天，野花滿地，愁似雁門關上望長安。縱有巫山十二難尋覓，懷抱琵琶別漢君……」

這本就幽怨的詞，不知怎地又添上幾分黃蓮似的苦味，老人只聽得幾句，淚水已忍不住奪眶而出。

此時關起的書房木門有了動靜，似乎有人正在外頭敲打著門板，老人伸出手放在門把上，一股寒意順勢往上竄升，從腳底一下子爬到腦門，一股陰風從門縫下竄入，夾雜濃烈的血腥味。

「夢生，是你回來了嗎？」老人沙啞的聲音在室內迴盪，回應他的是門外好似低泣的哀鳴，濕濕黏黏的血跡如同有生命般，穿過門檻朝裡頭擠了進來。

要換作其他人看見這模樣肯定要嚇暈，可老人卻盯著一地的血紅笑了起來，眼神溫柔得好似看見久別重逢的戀人斑駁的大門嘎吱嘎吱地響著，門栓緩緩的往旁拉開，鮮血大量湧入如同一片血湖，猙獰而恐怖，可老人臉上沒有絲毫懼色，而是用期待的眼神盯著慢慢打開的大門。

彷彿牡丹的淡淡清香蓋過血腥味傳了進來，一隻嬌小的紅色繡花鞋引著紅潮跨過了門檻。

那紅像是小時候聽祖母提過的故事中，長在黃泉路上的花朵，遠遠看上去就像是血所鋪成的地毯，又因其紅得似火而被喻為「火照之路」，也是這昏暗幽冥中上唯一稱得上鮮豔的色彩。

此時那另一隻鞋也踏了進來，來人輕巧的飄浮在這片豔紅之上搖曳生姿，身上所穿紅裝是大婚的霞帔，一張嬌顏巧笑倩兮，每走一步都翩若驚鴻，在他心中激起陣陣漣漪。

「夢生、夢生——」

老人身體不明地戰慄，喃喃呼喚著難忘的名，眼中所見只有那人身著嫁衣的羞澀，他看不見腳下淒涼恐怖的血湖，也看不見那人大紅指甲上未乾的血跡，僅是撐著衰老的軀殼艱難的往前走去，一印一履皆是相思。

等了五十年的時間，緣也好、孽也好，這一次他終於可以牽起那人的手，兌現不及說完的承諾。

§

我站在門口看著他，他老了好多，頭髮都變成銀白，一甲子的春秋歲月，讓我們的外貌已不再般配，可在我眼裡他依舊是那俊朗瀟灑、雙目神采飛揚的青春少年。

「夢生、夢生——」他重複念著我的名，蒼老的臉上閃過狂喜，身形有些顫抖。

「我的樣子美嗎？」我笑著在他面前轉圈，像小女孩炫耀自己的新衣那般，神情中有著欣喜、有著期待，還有更多的不確定……，不確定我在他眼中是不是和以前一樣是最美的。

「很美……非常的美。」老人蹣跚走近，凝視著那雙有些惶恐的美眸，蒼老的手如對待珍貴的寶物似地輕撫著那已沒有溫度的肌膚，水氣在眼中聚集，我的視線瞬間模糊起來。

「那、你可願意與我成親？」我的聲音不自覺發顫，雖然是詢問，我卻害怕聽到他否定的答案，五十年前他沒有力量守護我們的愛情，五十年後我不知道還剩下多少愛情。

他蒼老的面容浮出一抹淺淺笑意，拉住我的手搖晃著往書房角落走去，那裡擺著一張方形的小神桌，上頭上有一個被褐布蓋住的神主牌位，他顫抖著扯下那布條，底下浮現的是：亡妻夢生靈位。

我看著那幾行字，兩行血淚不受控制的流了下來，十指與他緊緊交握，就在這時候我的容貌忽然發生變化，已經靜止的時間開始快速的流動，在我的額頭、眼角、髮絲上紛紛烙下歲月的刻痕……我也老了，在眨眼間變得和他一樣。

「夢生，你這是……」他看著我的眼神中除去訝異還有滿滿的心疼。

我伸手輕撫著他的面容，淚水中帶著微笑，「這樣不是很好嗎？就好像我們一起走過了大半人生。」雖然我們的時間不多，但已經足夠了，從前和以後，在一夜間擁有，從另種層面而言，也算是相守到白頭。

他握住我的手，雙眼緩緩闔上，這次，黃泉路上我不再孤單。

「從今後把牡丹亭夢影雙描畫。

虧殺你南枝挨暖俺北枝花。

則普天下做鬼的有情誰似咱！

但是相思莫相負，牡丹亭上三生路。」

唱片終於唱到了尾聲，我牽著他的魂魄徐徐前行，天上人間此後再不分離，金釵從我髮髻滑落，上頭的牡丹沾著未乾的水漬，像是喜極而泣的淚。

（本故事所有詞曲多數出自崑曲《牡丹亭》少數出自明清劇本《昭君出塞》）

ß

一曲終了，我還沉浸在淒美的曲調中無法回神，感覺歌聲似乎還在四周迴盪著，用這種方式相守到白頭，似乎有種缺陷的完美。

「雖然用人皮做出的嫁衣有點噁心，但總算是有情人終成眷屬。」琉璃看著自己身上的紅感嘆。

有情人終成眷屬嗎？我不得不這麼想，或許有些人天生是為愛而生、為情而死。

不知怎的，我有種奇特的錯覺，彷彿在久得無法憶起的從前，我也曾替某個人穿上那一身瑰麗的鮮艷，嫣紅勝血。

「我倒是挺想見見那根金釵不知是什麼模樣。」秋姒眨著又圓又亮的眼睛說，從她的表情看來似乎對那金釵相當好奇。

夢生淺淺微笑著，臉頰出現兩個小小的酒窩，「難得秋姒開了口，不如接下來就換妳說說吧！我可一直對妳的故事充滿興趣，就是沒機會聽。」

第五章　胭脂錯

秋姒挑眉笑了笑，從口袋裡拿出一個金色雕花的盒子，那盒蓋上刻著一隻五彩鳳凰，我一眼就認出那是古代宮中妃嬪專用的物飾，裡頭是豔麗的胭脂，像血一樣。

她瞄了我一眼，上揚的嘴角綻放出一朵微笑。

§

我第一次見到那個男人時，正身處於一片血海之中，敵國軍隊長驅直入，以破竹之勢攻入都城，他提著我父王的頭闖進了後宮，那時我趴在母后的屍體上哭泣，他全身是血的站在我面前，好似惡鬼一般出現。

一旁的宮女縮成一團嚇得發出尖叫，可我只是抬頭看了他一眼，然後突兀的笑了起來，灑在我臉上的鮮血竟展出一股超齡的嫵媚。

偌大的宮殿裡清晰地迴盪著我銀鈴似的笑聲，宮女們都愣住了，用一種好似見到怪物的眼神看我，她們沒有辦法理解為何我會在這種場合大笑。

其實我也不知道自己為什麼會笑，只是看見他就忍不住想笑，彷彿我這輩子就在等待這一刻，可事實上從我出世開始，幾乎不曾笑過。

他凝視著我突來的笑容，抵在我眉心的劍不自覺放了下來，粗糙的大掌抬起我嬌小的下巴摩擦著，從口中吐出一聲低低的嘆息：「妳這個妖精，我應該殺了妳的。」

長劍從我頸項滑過，留下一道細微的傷痕，我以為自己會和母后死在一起，可他並沒有殺我，將我抱起放在他的肩膀上，我看見他身後的將士眼中露出訝異的神色，強烈的敵意從他們眼中射出，我知道他的追隨者並不樂意見我活著。

我看著這些人，一個一個在腦海中比對著，大部分都是我熟悉的面孔，有不少人昨天還跪在我父王的龍椅下高呼萬歲。我牢牢記住那一張張臉孔，可憐的父皇，死時該有多麼震驚呀！

「陛下，鬼方餘孽不可留呀！」一個滿頭白髮的老人快步上前攔住他，那老人看我的眼中充滿殺氣，我不自覺恐懼的縮了縮脖子，小手用力摟住他。

「我怕！」我瑟縮著身子在他耳畔小聲地說，就算他是害死我父母的仇人，我也知道此刻只有他能保住我的命。

或許是滿意我的乖順，他安撫意味濃厚地拍拍我的背，轉頭看向老人的眼神帶上一絲火氣，「你在質疑本王的決定嗎？」

「陛下，老臣是為了您的江山呀！鬼方之人生性兇殘，這女娃小小年紀居然在父母雙亡的時候大笑，長大必成妖孽。」老人高聲疾呼，一副恨不得把我當場擊斃的神情，我根本從未見過他，不知他為何如此恨我。

「叔父，您老未免太多慮了。」他從鼻中發出一聲冷哼，毫不在意的看了我一眼轉身往大殿走去，「不過是個小女孩罷了。」

「陛下請留步，陛下……」

老人不死心的追上，企圖說服他，他猛地回身抽出腰間佩劍砍去，老人難以置信的睜大眼睛，看著長劍毫不留情的穿胸而過。

鮮血飛濺在他和我身上，那奪目的紅好像我最喜愛的紅花，我看著四散的豔麗色彩，又一次開心的笑了起來。

我看見周遭將士眼中除了憤恨又多了恐懼，那眼神和很多年前他們要求父王處死一名寵妾——一個來自中原的和親公主時一模一樣。我知道自己已不再是人人尊敬的居次（鬼方公主稱為居次），一夜之間，我成了妖姬，成了前朝王族留下的鬼魅，可那年我只有十三歲。

深宮裡的時間過得很快，一眨眼就是三年，這期間每天晚上他都會來到我房裡過夜，用一種深沉的目光凝視著我，我很喜歡這一刻，好像他是屬於我一個人的。

他曾在大殿上封我為辰妃，可我們之間並沒有外人所臆測的旖旎風光，從那天之後他就沒有再碰過我，我們獨處時總是隔著一段不算短的距離，他說，「霧裡看花才是最美的。」

不過世人並不這麼認為，四散的流言越來越多，蜚語從城池各個角落浮了出來，沸沸揚揚的怒斥和辱罵包圍著皇宮。

他們說我是禍水，是不該存在的鬼方餘孽，因為我是在父母雙亡時仍能大笑的不祥之人，因為我的容貌太嬌媚使得君王著迷夜夜流連……一切一切莫須有的罪名層層疊疊，壓得我無從翻身，但我曉得這些人是害怕，害怕有朝一日我得勢後會報復他們曾經的背叛。

「我不會讓任何人傷害妳。」

一千多個日子裡，他不斷重複同樣的話，堅持在我身前擋下所有責難，我不只一次的問他：「你為什麼不殺了我？殺了我，你就可以做回那萬人景仰的英雄。」

他看著我一句話也沒說，只是微微的笑著，那笑讓我心裡揪得發疼，我想哭，可除了笑我擠不出半滴眼淚。

無數次夜裡我從夢中驚醒，看見他躺在不遠處的躺椅上，我顫抖的手指緊握著匕首，卻怎麼也刺不下去，因為我愛他，瘋狂的愛著這個殺了我父母的男人。

§

殺了他。

替我們報仇。

一抹一抹沾滿鮮血的影子在偌大的空間內徘徊，聲嘶力竭的哀號震撼著我的耳膜，我恨他，也恨愛上他的自己。

佛祖呀！我該怎麼辦？

青燈古佛前，我誠心禱告：神明在上，請寬恕我的罪過，引導我正確的方向。

佛說：妳要懺悔。

我問：我為何要懺悔？

佛說：妳要遺忘。

我問：我為何要遺忘？

佛說：你倆的相遇是前生的冤孽。

我說：我只是愛他，愛有什麼錯？

佛說：你們注定不會有善果。這輩子妳苦苦愛他只是要還他前世的情怨。

我說：您無所不能，求求您可憐我。

佛說：你們生生世世有緣無分，何苦強求。

我字字聽得分明，卻一句也不明白，既然沒有結果何苦讓我遇上他，我不服氣，死也不服。

清風拂過我的髮鬢，好似一隻隱形的手輕柔的安撫著我，佛沉默垂首，吐出幾聲極輕的嘆息，一滴甘露從佛眼角滑下，似在憐憫我的癡迷，夜涼如水，檐下掛著的燈籠在風中顫抖，流下緋紅色的眼淚。

佛說：前世因，今世果。我就讓妳看個清楚吧！

驀然一陣輕煙從佛前飄來，恍惚間我眼前的景物開始產生變化，我感覺整個人輕飄飄的往上升，竟穿透了宮牆。

§

不知過了多久，好像飛越了千山萬水，我看見一片燦麗繁華，是那種很古老的城池，一片一片地連綿，我就飛在那片繁華之上。

「這是哪裡？」我忍不住開口詢問，我分明從未見過這樣的建築，卻有種奇異的熟悉。

「妳不記得嗎？這裡曾經是妳前世的家。」佛的聲音幽幽傳來。

「我的家？」

「為搏佳人一笑，幽王烽火戲諸侯。」

「這和我的今生有什麼關係？」我不解。

「妳看看就明白了。」

華麗的宮殿裡歌舞昇平，琉璃瓦、白玉屏、金碧廳柱、錦緞御榻。年輕的帝王高居在上，懷中緊擁著他嬌媚的寵妃，我一眼就認了出來，那是我和他，突然我感覺身子一沉，和那個我合而為一。

成群舞姬翩翩起舞，絲竹之聲美妙非常，大殿中人人歡歌笑語，不知溜過了幾度流年，依偎在他懷裡的我身穿華服、嫵媚嬌嬈，可臉上卻沒有半分笑意，有如罩著一層寒霜。

「姒兒，妳不開心嗎？」他的視線落在我身上，眉因我皺起。

「大王，」我輕咬著下唇，臉上露出困窘的神情，「臣妾笑不出來。」

「是嗎？」他語氣有些無奈的垂下頭，看起來似乎相當沮喪，但很快又溫柔的微笑：「不要緊，會有方法的。本王一定會讓妳笑出來。」

我看著宮廷裡陸續出現的各種奇珍異寶、有趣表演、精采故事，然而我依舊沒有絲毫笑容，我明明想笑卻笑不出來。

他並沒有因此放棄，甚至拋下國事帶著我四處遊歷，用盡各種方法只盼能見到我的笑容。

後來他點亮了烽火台，在萬馬奔騰的軍容前，我無預警的笑了，可這一笑卻笑掉了他的江山。

諸侯說我是一個會禍亂天下的女人，一個會帶來災難的女人，一個不祥的女人……。

「厭弧箕服，實亡周國」的童謠穿過了大街小巷，宮殿外的吶喊和討伐聲急如擂鼓，士兵和百姓們憤怒而猙獰的吶喊化成一道道利箭，穿過厚厚的宮牆直刺我心中。

他緊緊摟住我顫抖的身體，手摩挲著沾淚的面孔：「姒兒別怕，沒有人可以傷害妳，我會一直守著妳……」

「可你該如何自處？」我仰起頭凝視他深邃的眸子，他該是天之驕子，是俯瞰天下的，卻因為我而變得懦弱無力。

「除了妳，我什麼都不要。」他的手臂收得那樣緊，卻又那樣無力，哪裡還有叱吒風雲的王者霸氣。

我慘淡的搖頭，伸手輕觸著眼前宛如刀削的面容，這是一個為了我失去所有的男人。

「讓我為你跳支舞。」我垂下頭低聲說，他沉默卻沒有反對。

我踩著輕盈的步伐在陰冷的殿堂中迴旋，彩衣斑斕像豔麗的蝶，卻在回身之際豁地拔出他掛在牆頭的劍用力刺入了胸膛。

他驚叫著衝上前擁住我癱軟的身軀，一滴淚從我眼角滑落，鮮紅勝血。

我看著他，試圖擠出一抹僵硬的微笑，今生我無法對你微笑，來生我只願為你展眉。

「我會實現妳的願望。」恍惚間我聽見佛如是說。

眼前世界開始模糊，我又被從那身體裡抽了出來，再一睜眼已回到原本的時空。

§

我眨眨眼坐起身來，發現自己不知何時竟在佛堂裡睡著了，周遭黑漆漆一片，沒有半點燈火，我撐起身往外走，偌大的宮殿之中只剩幾名零星的宮人。

「發生什麼事了？」我按著發疼的頭詢問一名擦身而過的侍女，她有些遲疑的看了我一眼，用力的咬了幾下唇瓣。

「反賊打到京城外，大概明日一早就會殺進來了。」

「反賊？什麼反賊！」我一時愣住，不明白她說的話，在他統治下，皇朝不是處於太平盛世嗎？

「辰妃娘娘，亂軍在一個月前就已經打到黃河邊上，是陛下堅持不肯讓您知道，那些反賊堅持要您的命，他們說陛下是昏君……」

我撐著頭只覺眼前發黑，好似才從夢中驚醒又進入另一個噩夢，彷彿同一個輪迴一次又一次地重複，跳不出、逃不開。

我這才明白前些日子他眼中偶然出現的憂鬱和他眉心時常緊鎖的深紋所為何來。他已經一連數天沒有見過我，我曾聽宮人謠傳他有了新的寵妃，原來那是假的，一場為了我做的戲。

跌跌撞撞回到寢宮，我幾乎可以聽見來自宮外震天的殺伐聲，那一聲一聲的妖女扎得我喘不過氣來，我不懂我什麼都沒做，為什麼要忍受這樣的責難？那些掛在我名下的罪，分明是莫須有的。

我自敞開的窗子往外看去，他書房的燈還亮著，想必此時正為了兵臨城下的戰況心煩，過去與現在兩個不同時空的影像彼此重疊，霧氣模糊了眼，一時間再難分辨。

我看著鏡中那張絕世容顏，唇邊忽爾綻放出一朵嬌媚的花兒，信手拈來胭脂，渲染出傾城傾國的媚。

平時我總捨不得用，只因那胭脂是他唯一送過我的禮物。

白皙的肌膚點上淡淡嫣紅，層層雪紗下曼妙嬌軀若隱若現，宛如一塊最高級的羊脂白玉，我看著侍女驚豔而複雜的眼神淡淡一笑。

妖孽又如何？我已經擔太久的虛名，至少這一夜讓我做自己想做的事，不管為我自己還是他。

將藏在梳妝盒底的翡翠匕首藏在袖中，我指尖輕觸著上頭前朝皇族的徽章，肌膚好似被無數細針扎刺。

我想起半年前在御花園晚宴時，他請來戲班唱了一齣綠珠墜樓，戲曲末了當孫秀領兵將金谷園團團圍住。石崇對綠珠說：我今日因妳獲罪。綠珠涕泣道，妾身應當效死君前，不讓那賊人得逞！

如今他接連兩世因我而遭受世人罵名，我自當還他一個清君的美譽。

「君當如磐石，妾當如蒲葦，蒲葦韌如絲，磐石無轉移！」（東漢樂府詩〈孔雀東南飛〉）陰暗幽涼的殿堂裡，風無聲的在空蕩蕩的屋檐下穿行，我幽幽唱著埋藏在心底最深的渴望。

我並不畏懼死亡，卻怕在隔世之後，磐石與蒲葦各自錯了歸處，惑許磐石已化為某朵嬌妍根下護花的春泥，而蒲葦早已枯萎隨風飄零四落，從此消失在茫茫的轉生之海。

蓮足輕動，顫抖的手輕敲著門，對上的眼望見的是訝異和一閃即過的悸動，我聽見自己的心跳匆促而兇猛。

§

「我以為妳走了。」對視半晌，一聲輕嘆從他口中溢出，我看見他的模樣變得憔悴，雙眼中也失去了曾有的犀利，垂下的肩膀除了權力一無所有。

「你不也沒走。」我反問他，唇瓣微揚。

「我是皇帝，而妳不是……」他的神情有著沉重的疲倦，竟似在短短幾日間蒼老許多。

「陛下因我而遭天下人辱罵，我若在此時拋下你獨自一人，豈不顯得我太過涼薄。」我側身偎進他懷中，多年來第一次如此靠近，他下巴雜亂的鬍碴刺得我一陣發癢。

他愛憐地捧著我的臉頰，長長吐出一口氣：「妳既然都知道了，為何不走？明日大軍一旦進城，妳必死無疑。」

「正因如此，我更要坐實那妖姬的虛名。」我跨坐在他身上吹氣如蘭，薄紗滑下，露出底下大半春光。「為莫須有的責難死去，臣妾心有不甘。」

「姒兒！」

一聲好似嘆息的低吟過後，他盯著我半裸的肌膚目光來回挪移，卻終究沒說上一句話。

正當我以為他會將我推開時，他忽地大掌一伸摟住我的腰，我主動攀上他的身軀，雪白柔荑來回磨擦掀起燎原大火，玉璽、文件散落一地，可誰也沒心思理會，整個空間被曖昧呻吟填滿。

兩具火熱軀體糾纏著，空氣裡滿滿是淫慾的味道，一聲聲毫不壓抑的色情聲響隨風蔓延開來，我可以想像外頭的人將會如何評價我這個即將亡國還無恥貪歡的妖孽，可那又如何？至少今夜我為自己而活，不是前朝公主、不是有名無實的妃子，只是姒兒，他的姒兒。

§

翻掌握緊藏在袖中的匕首，我的身體處於極度的歡愉中，意識卻異常清晰，為了保存他最後的名聲，我願意為他做一回媚顏弒君的亡國妖孽。

隨著時間過去，他的動作越來越激烈，我可以感覺到一股熱流在體內放肆奔馳，彷彿要將我焚燒殆盡，我情不自禁伸手緊緊摟住他，傾聽他胸膛如雷般的心跳聲。

終於他低吼一聲將所有慾望宣洩而出，縱欲過後的身軀疲累的倒在我身上，我輕撫著他堅毅的五官，看著他如孩子似的躺在我懷裡，內心被難以形容的情緒充斥，這就是幸福嗎？

如果可以這樣到永遠的話該有多好？

可惜……，我默默地笑著，我不想讓他死在亂軍手下背負暴君的罵名，所以由我來殺他。

高舉的凶器重重落下，他睜開了眼有些茫然又難以置信的望著我，嘴唇動了幾下似乎想說什麼，吃力提起的手無力撫過我的臉頰後緩緩垂下。

儘管沒有聽見，但我知道他說的是，姒兒對不起，我沒辦法再保護妳了。

身後高懸的佛像露出笑臉，表情透著駭人的猙獰。

我抱住他的屍體，瘋了似的想擠出淚水，卻只是不斷大笑出聲，正如我前世所希望的：來生我只願為你展眉。

§

他身上的肉被我咬了下來，一塊一塊的吃進肚，人肉的味道混著眼淚吃起來又酸又澀，不過幸好有血液作為佐料，不至於那麼難以下嚥。

我一口一口仔細嚼著，品嚐著他體內對我的愛情，這是世界上最難吃的食物，卻是十幾年來最讓我動容的佳餚。

我吃著他的血肉，感覺自己似乎真如外人所說變成了妖孽，侍女們站得遠遠不敢靠近，我的頭髮、臉龐和衣物全都沾滿了血漬。

接著我取出他的心臟小心的握在手上，心臟的觸感很好又滑又嫩，像是最高級的絲綢，稍一用力紅色的鮮血就湧了出來，我視之若珍品的貼在胸口，好似這樣就可以再一次感受到那微弱的跳動。

「這哪裡是人！分明是妖怪，吃人的妖怪。」

「真是太殘忍了，可憐的陛下。」

刻意大開的門，讓血腥景象一覽無疑，宮人們在我身後交頭接耳談論著，而我只是笑著讓自己浸淫在血海之中，偽裝成一朵盛開的罌粟，唯有當所有人都認定我是刻意要讓他身敗名裂，史書才不會將亡國的罪名安在他身上。

沒有人會了解，我的愛情既渺小又偉大。

我豔麗而猖狂的笑著，笑到眼中有水滑出模糊了臉上的妝容，然後使力割下他的頭顱，那沒了血色的雙唇依舊性感的讓人心悸。

我將人頭放在銀托盤上捧入懷中，一步一步往金鑾殿走去，鮮血沿途落下，交織成一幅宛如黃泉彼岸的紅。

五更金雞初啼，宮外殺聲震天，屋頂似乎都要被掀開，而我只是踩著用他的血鋪成的路徐徐前行。

叛軍殺入皇宮時，我端坐在龍椅上親吻著他被放在銀盤上的頭顱，鮮血一路從書房滴到大殿，整個宮殿都是濃濃的血腥味。

「看到了嗎？這就是你們的王。」我看著領頭將領嫣然媚笑，將手中人頭高高舉起，耳中聽見士兵們連連抽氣聲。

「妳這個該死的妖女，陛下是如此寵幸妳。」那名將領憤憤怒罵，眼中似要噴出火來。

「那又如何？你們不是一聲聲妖女的喊本宮嗎？」

我瞥了他一眼，拿起放在一旁的心臟優雅地啃咬，血液從嘴角滲出，更增添一抹鬼魅氣息。

「殺了她。」

「殺了這個妖孽！」

「處死她替皇上報仇。」

不知是誰率先同情起原先心裡認定的昏君，紛紛喊起為君王復仇的口號，圍繞在皇宮的將士們莫名激動起來，拔出劍就要衝上前來將我碎屍萬段。

可他們誰也沾不了我的身，我僅是衝著來人微微一笑，劍就從那人手上滑下，上千名士兵爭相上前，卻無人能傷我一分一毫。

我笑著抱住人頭，在大殿中盤旋輕舞，每一次落足都是一個染血的印，簌簌的風聲夾雜著沙塵在空氣中迴旋，風中搖擺的長明燈發出「咯吱」聲響徹了整個空間，像是為我又似是為這一切所發出的沉重哀嘆。

§

僵持的場面持續一炷香時間，突然一個小兵從外頭奔入，只見他附在那將領耳邊低語數句後，一聲令下，除了我之外所有人全被撤了出去。

偌大的空間頓時安靜了下來，我看見無數前朝、今朝死在這宮殿裡和我相關或無關的鬼魂在我四周遊走，用一種熱切的眼神望著我，那目光好似期待著什麼。

沒有多久，外頭又聽聞由遠及近的雜亂腳步聲，樹枝斷裂聲，以及人群的吵鬧聲……。

「這邊堆一些……」

「那頭的動作快點。」

吆喝聲此起彼落，很快的煙霧就竄了進來，張狂的火苗閃爍著青紫色的妖豔，露出詭秘而扭曲的面孔吞噬著曾經的燦爛繁華，高傲冷漠的宮殿在烈焰中熊熊燃燒。

我不閃不避，立身高處冷笑睥睨逐漸高漲的火舌，宛如魅影般屹立烈焰之中，赤燄瘋狂地在我身上跳躍，翻滾，貪婪的舔舐著我的身體、燒灼著我的長髮，一旁的鬼魂看著這一幕，不禁發出「桀桀」的笑聲。

我看著漸漸坍倒的宮闈緩緩低吟：

「浩浩愁，茫茫劫；

短歌終，明月缺。

鬱鬱佳城，中有碧血；

碧亦有時盡，血亦有時滅。

一縷香魂無斷絕！」

（金庸〈香塚吟〉原文出自陶然亭香冢碑文）

火光之中，我又聽見佛的低語。

佛說：妳要懺悔。

我問：我拒絕懺悔。

佛說：妳要遺忘。

我問：我不願遺忘。

佛說：你倆的相遇是前生的冤孽。

我說：我只是愛他，愛有什麼錯？

佛說：你們注定不會有善果。這輩子妳苦苦愛他，只是要還他前世的情怨。

我說：您無所不能，求求您可憐我。

佛說：連續兩世的苦難，妳不後悔嗎？

我說：願生生世世與他糾纏，至死無悔。

風又吹入，只餘一聲輕嘆，綿綿細雨落在煙灰之上，是憐？是悲？是天若有情。

我的魂魄從殘破的軀殼中緩緩飄出，望著那身皮囊在火中焚燒殆盡。

「妳後悔嗎？當初我允妳只喝了半碗孟婆湯。」

身後若有似無的聲音響起，我沒有回頭，唇畔綻出一抹嫣然，「我謝謝妳，若有來世我仍只願喝半碗。」

我寧願帶著記憶痛苦掙扎，也不要在茫茫的轉生之海中失了你的訊息。

§

秋姒的故事說完，我感覺臉上傳來陣陣涼意，伸手一抹竟是不知不覺間淚流滿面。

對她，我油然而生無以言述的羨慕，能夠愛的這樣直接、這樣義無反顧，何嘗不也是一種幸福，如果我當初……

沒來由的如果二字讓我頓時一愣，從故事開始到現在，我終於正視到自己忘記了一些事，一些對我來說應該非常重要的事。

隱隱約約中，我發現自己再不如原先所想那樣是個局外的旁觀者，每一個故事都觸動著我的心弦，好像我曾經參與其中。

「你們後來還有再相遇嗎？」蝶馨已經停止哭泣，睜著有些紅腫的雙眼好奇詢問。

「算有也沒有。」秋姒垂下眼，模稜兩可的回應，有些問題沒有正確的答案。

「既然如此，就繼續說故事吧！」墨香淡淡開口道：「下一個輪到如煙了。」

「哇！如煙姊加油。」惜然有些興奮的拍拍她，如煙笑了笑伸手在她臉頰上使勁一擰，然後一雙美眸依序從各人臉上掃過。

第六章　三生石

只見她將脖子上的鍊子取下，鍊墜上是一顆如楊梅般大小的紅色石頭，那色澤鮮豔非常，好似被血水浸泡過。

如煙看著掌心的石頭，目光變得有些飄忽，像在作夢似的。

§

「身前身後事茫茫，欲話因緣恐斷腸。吳越山川尋已遍，卻回煙棹上瞿塘。」（唐圓澤）

很久很久以前，我並不是人而是一塊青色石頭，女媧補天時落選的我被孤伶伶留了下來，在望著星辰近百年後的某日，我被地府的鬼卒搬到了地底深處，在我身上刻下「早登彼岸」四個大字。

接下來的三百年，我獨自佇立在一座叫奈何橋的地方，橋底下是名為忘川的河水，除了死亡，只有彼岸花與我為伴。

日日夜夜，我看著無數亡魂從黃泉路上走來，只為到盡頭喝下由忘川之水所煮成的孟婆湯。

所有經過我身旁的鬼，都會在投胎前在我身上尋找屬於他們前世今生的故事，從他們眼中落下喜、怒、哀、樂的眼淚，將我染成了紅色。

可我並不在意，我是一顆石頭，石頭是沒有感覺的，青色也好紅色也罷，並不影響我的存在。

直到我遇見了他，一個戰敗武將的鬼魂，他和其他急著投胎的人不同，腳下踩著悠閒的步伐前進，好似他不是死亡而是在進行一趟有趣的遠足。

我看著眼前的男人，感到前所未有的好奇，他和我所見過的鬼魂都不一樣，臉上的表情平和恬淡，沒有絲毫忿恨的不甘或對人世的留戀，彷彿心湖沒有半點起伏似的。

他在我身旁坐了下來，緩緩說起他的故事，少年封侯、出將入相，戰死沙場、為國捐軀，將近一甲子的時間，他一遍又一遍重複著自己短暫的人生，久到讓我以為他會這麼永遠的坐下去，有那麼一刻我覺得這個鬼並不害怕死亡而是害怕寂寞。

但是我從來沒有和他說過話，因為我是一塊石頭，而石頭是不會說話的。

就在連我幾乎都可以默背出他人生的某個清晨，他長長嘆了一口氣，終於再次站起身來往橋的另一端走去，臨走前他在我身上留下一樣東西，我無拘無束的心似乎沉重了起來。

我沒有辦法再像以前一樣冷冷地記錄著那一段段故事，我開始會哭會笑，甚至情緒遠比那些鬼魂來得更為激動。

佛為此特地出現在我面前，只一眼就搖頭輕輕嘆息，佛說有人在我心裡留下了一樣東西，是孽緣，必受輪迴之苦。

「我不明白。」睜開的眼寫滿疑惑，輔成的人身還有些不穩。

「有人在妳心裡種下了情淚，妳必須把這淚還給他。」佛拈花微笑慈祥低語，我不知其意。佛又說求清淨自由需去除「五障」，要我用虔誠之心接納一切善，感化一切惡。

過奈何橋的時候，我捧著孟婆湯內心莫名激盪，我看過無數人喝下這東西，卻沒想過有一天會輪到自己，看著碗中翻騰的液體，其他鬼魂在其中得到的是忘卻前塵的平靜，我所見到的卻是七情六慾的毒。

回首環顧我居住多年的幽冥，一股強烈的不捨發酵醞釀，紅塵中走過一遭，我還會是我嗎？

「未曾生我誰是我？生我之時我是誰？長大成人方是我，合眼朦朧又是誰？」（順治皇帝讚僧詩）

飲下孟婆湯之時，我聽見一道飄渺之聲在耳畔低語，尚不及聽清，眼前已是一片黑暗。

§

不知過了多久，我耳邊響起嘈雜聲，有人在打我，我忍不住痛，張開嘴大哭，那是我作為石頭所沒有的聲音和眼淚，耳邊響起我的哭聲，洪亮而悅耳。

我成為了人，一個女子，林老爺家的小千金。娘說我出生的時候，嘴裡含著一塊紅色的石頭，石頭上刻著「往事如煙」幾個字，所以爹爹給我取名如煙。娘還說我出生兩日後，村裡來了個老和尚，說那石頭是我的護身符，要我一生一世戴著……

娘還有話說，可是被爹的眼光制止了。我沒有問，只是默默的聽著，好似我天生就為了傾聽而存在。

我想，佛是偏愛我的，我的父親是朝廷太師，他與先皇是連襟，我的母親與太后是親姐妹。我的兄長與姐姐也都是富貴中人，我們家出了三個駙馬、兩個王妃。我生在這樣一個鐘鳴鼎食之家，集所有人的寵愛於一生。

我總是在午後坐在鞦韆上吹風，徐徐微風吹過好似人都飛了起來，輕飄飄的直直穿透雲霄。

不知道為什麼，我總是可以聽懂花草鳥獸的話，好似我本就和它們是一體的。我最愛靠在柳樹枝幹上，聽它說著一個一個古老的愛情故事，想像著我未來的丈夫會是什麼模樣。

我還記得第一次見到他時，我赤著腳坐在池塘邊，一陣微風吹得我的裙襬飄揚，爹爹領著他從迴廊穿過，他穿著一襲青衫，臉上帶著若有似無的淺笑，我看著他心口霍的一陣刺痛，而他看了我一眼，手上的書落了地。那年，我十三歲。

後來我再到園子裡，偶爾會遇上他。他叫嵐，是爹爹的得意門生，十六歲就中了狀元，是新一代年輕大臣中備受看好的人物。

他沒事的時候，我們常常併並肩在樹蔭下坐著，一坐就是一整天。他教我很多東西，詩、詞、曲、賦都有，他教我的第一首古風是：蒹葭蒼蒼，白露為霜，所謂伊人，在水一方……但是他說自己並不喜歡，他喜愛的是：關關雎鳩，在河之洲；窈窕淑女，君子好逑。參差荇菜，左右流之；窈窕淑女，寤寐求之。求之不得，寤寐思服；悠哉悠哉，輾轉反側……。（詩經秦風〈蒹葭〉、周南〈關雎〉）

其實我不明白那是什麼意思，可每當他這麼念時，我的心就暖暖的，好似三月初陽。

我十五歲那年，正逢太后七十大壽，皇上在御花園大宴賓客，我獲邀與母親一同出席皇家壽宴，因為是太后大壽，所以不僅皇家眷屬，所有一品大員的家眷們也都來了。不少人的眼光集中在我身上，帶著一種震撼的驚豔。可我不在意，我眼中除了他誰也不重要。

我在人群中搜尋著他的蹤影，他佇立在百官之中姿態是那樣的瀟灑、那樣的從容，許多公卿王侯之女眼中都流露出對他的嚮往。他也發現了我，目光相接時他對我微微一笑接著提筆寫詩，我看見一旁的公公詭異笑著，將完成的作品呈給了皇上。

我不知道他寫了什麼，只知道皇上召見了我的爹娘，幾個人看著那作品不住輕笑，眼光不時往我身上飄來。許久後我才從娘口中得知，他寫的是：死生契闊，與子相悅；執子之手，與子偕老。（詩經邶風〈擊鼓〉）

§

沒有多久皇上姨父下了一道聖旨把我嫁給了他，我坐在御賜的花轎中搖搖晃晃進了嵐的家門，他的父母在高堂上對我微笑，我感覺周圍洋溢著一種喜悅，和平時的高興不太一樣。娘開始教了我一些事，我不明白卻牢牢記在心裡。日子和以前，逐漸有了細微的不同。

嵐對我很好，下了朝有時間就會帶我四處走走。雖然他在家的時間不長，但總會抽出時間陪我回家，我最喜歡看他和爹下棋，瞧他巧妙的讓著爹那煩惱的模樣。

更多的時候他會在燈下振筆疾書，我陪在一旁，端給他一杯清茶或是替他磨墨。每到這時候他總會放下筆把我抱在懷中，一次又一次的喚著我的名，那段日子是我一生中最快樂的時候。

可漸漸的公婆看我的眼神變了，丫環也開始在我身後竊竊私語，下人們說那是因為我沒有給他生下一兒半女。嵐什麼也沒說，但是我看到了他的嘆息。

慢慢，他回家的時間晚了，不時有人看見他在花樓喝酒，我心裡急得發慌，卻又不知該怎麼辦，有幾次我半夜起床看見他坐在我身旁，雙眼牢牢盯著我，眼中是我沒見過的陌生光芒。

五個月後，娘將我接回家，什麼也沒說，幾個姊姊抱著我不停落淚，我看著爹爹，他只是念著我的名字嘆氣。那天大街上很熱鬧，有鑼鼓喜樂的聲音，我想出去瞧瞧卻被家人給攔住了。娘握著我的手說，「孩子，妳要學會寂寞。」寂寞是什麼？我不懂。

後來他一直沒有來接我，我從旁人口中得知那天他娶了一個妾，某個花樓中的紅牌，據說是個水做的人兒。我偷偷去看了她一次，他們兩人站在一起像幅畫似的，我心裡疼得難受，從落下的淚裡讀到了悲傷。

我瞞著家人跑回了嵐家，卻被僕人無情的趕了出來，他攬著新婚的愛妾，一只休書砸在我身上，我難以置信的看著他，那雙手曾經多麼溫柔的抱過我。

我跌跌撞撞的回到家，翻出新婚那日紅色的嫁衣套上了身，鏡中的容顏仍是那樣美麗，可恩愛卻已不再。

沒多久我病了，病得很沉重，懇求著想見他一面，但是他沒有來，我在絕望中嚥了氣。一抹芳魂渺渺飄盪，只想著要見他最後一面，料不到卻見到嵐和那女人躺在床上纏綿的模樣。

「不去看你的如煙，不會心疼嗎？」紅唇輕啟，她偎在他懷中宛若無骨。

「她怎比得上妳？」他輕慢的笑語迴盪空中，震得我鬼影飄搖。

壓抑在心底的恨忽地湧了上來，我的容顏因震怒而扭曲，衝上前想撕裂床上糾纏的兩人，可每分力氣都流失在空中，竟是毫無著落。

「妳道行還太淺了。」驀地，一隻鬼飄近悠悠地對著我笑，她穿著一襲彩衣宛若翩翩舞動的蝶，晃在我前方的半尺高空。「就憑現在的妳，是殺不了人，只是白費力氣而已。」

「我要報仇！」我尖銳地嘶吼著，那念頭像血一樣的鮮明。

「妳的心還不夠狠。」那鬼搖搖頭，「去吧，去收集人間的貪、嗔、癡、慢、疑。等煉就了『恨』與『怨』，妳的魂魄才真正有力量傷人。」

我點頭瞪著床上毫無感覺的人影憤憤而去，卻不知身後的鬼衝著我的背影喃喃道：「又是個放不開的癡兒。」

§

本以為復仇很難，修煉的日子會很長，卻沒想到這世間的人盡是愚蠢之輩。短短不過一個月的時間，我的指甲已尖利如刃，我的舌可輕易勾魂，我的髮能纏人窒息。以往我從不知道，這世間可供我殺人的銳器，原來很多。

我輕笑著撫著如往昔黑亮的髮絲，月光下我的眼眸閃爍如星，語笑嫣然。

死亡不曾抹煞我的光芒，我依然是美麗的。

我將鋒利的指甲在石頭上磨著，想像著將其扎入他胸口的戰慄，愛之山有多高，恨之淵就有多深。

沿著記憶的指引，我飄入曾經熟悉的庭院，哧哧的笑聲從臥房中傳來，我浮在空中看著他為那女人梳理頭髮，一下、一下、一下。每一梳，都極盡恩愛，我的心好似被人用刀一下、一下、一下的刨著。

我靜靜凝視著眼前兩人愛戀糾纏的模樣，尖銳的指甲用力刺入自己掌心，我無形的爪抵在他胸口，幾乎當場就要穿胸而過，但不夠，我要讓他嚐到勝我千倍百倍的痛苦。

天漸漸暗了，我的法力也越來越強，我看見他從床上爬起，像往日一樣來到書房讀書，女人睡得很熟顯然並不知曉他已離開。我沒有跟上，在鏡前坐了下來，拿起方才他替女人梳理的木梳整理著我的頭髮，這裡本該是我的位置。

「誰在那裡？」女人模模糊糊睜開眼朝我嬌叱著，我直轉過腰，將頭拿下放在掌心，朝她露齒一笑。

女人雙眼翻白，生生暈了過去，我慢慢飄近，將手按在她隆起的小腹上，小生命似乎感受到威脅，用力踢了我一腳，微弱的胎動讓我雙眼危險的瞇起。

我要他們家嘗到斷子絕孫的痛苦！

我將手探入她腹中，把嬰兒活活拖了出來，本已經暈厥的女人因劇痛又再次張開眼睛，在看見自己凹陷的肚子和我手上的胎兒時，發出了淒厲的慘叫。

「孩子，把我的孩子還給我。」她吃力的撐起身子想將孩子從我身上搶回去，但腹部的傷口太大，一動之下所有內臟都一一滑了出來，受到疼痛的影響，她本就尖銳的聲音更是刺耳。

我摀著耳朵鬱悶的皺起眉，一半是頭疼一半是怕引來下人注意，我索性拉起她的腸子用力繞在她自己的脖子上，好杜絕那煩人的噪音，她的雙眼凸了出來，紅潤的臉龐脹成青紫色，很快就沒了聲息。

接著我仔細打量懷中的肉團，將近七個月大的胎兒已經具備人形，我唇間擒著殘忍的笑容，兩手分抓著他的左右腳，用力將他撕成了兩半，細小的哀鳴響起，可惜太過薄弱沒有人聽得見。

我漠然的看著女人的靈魂冉冉在面前升起，抱著孩子的她顯得相當憤怒，衝上前來就要和我拚命，可她是那樣弱小無力，即使使上全力也不及我輕輕一擊，只能帶著滿腔不甘消散。

可是我的怨恨還沒有得到解脫，席捲而來的恨與怨在我胸口燃燒著，嫣紅如血的眸子牢牢鎖住不遠處的燈光。

§

我來到書房時，他正埋首桌前讀書，姿態和往日一樣專注，角落習慣性的擺著茶杯，只是裡頭的茶水已經空了，我走上前如從前般斟滿，滿意的看見他拿起杯子一飲而盡。

下一刻他皺著眉全吐了出來，桌面上盡是鮮紅的血水和一條條蛆蟲，那是由我的血、淚和墳土所泡成的茶。

「這是什麼鬼東西……」他抬頭正想罵人，卻發現身旁空蕩蕩一個人也沒有，整個書房就只有他獨自坐著。

我飄在他腦後輕輕吹了口氣，在幽暗搖曳的光亮中現身，他倏地慘白了臉，瞪大眼睛驚恐的看著我，「啊」的放聲尖叫。

「親愛的，安靜點，你吵得我頭疼。」我緩緩靠近，輕撫著他的臉柔柔的說，嵐立刻安靜了下來，不喊不叫，可身子不住抖動。

「求求妳放過我，我沒想過妳會死，我愛妳呀！我是愛妳的。」他跪在地上不住朝我哀求，我面無表情的看著他，腦中出現我苦苦哀求他的畫面，當時的他哪裡對我存有半分愛憐。

他不知道吧！

那時候的我已經有了一週身孕，那小小的孩子，還來不及看一眼塵世，就這樣隨著母親夭折了。

我指尖輕輕擦過他臉頰開口：「我小時候曾經很羨慕大姊的一件彩紗衣服，可她總是不讓我碰，我心裡氣得不得了，於是有一天我趁姊姊不在，拿剪子把衣服給毀了。對我而言，我喜歡的東西，如果不屬於我的，就沒有必要存在，你明白我的意思嗎？」

嵐看著我，臉上落下一滴滴冷汗，我滿意的淺笑，不虧是我的丈夫，一下子就明白我的話。

「不過你不用擔心，我真的很愛你，所以會讓你死得很好看。」我附在他耳邊低語，修長的頭髮悄悄爬上了他的頸項，一點一點地加重力道，像鐵絲般緩緩陷入肉裡，慢慢切割著他的頭顱。

當他的血噴灑在我身上時，我感覺胸口一痛，好像有什麼從裡頭流了出來，我伸手一探，是滴溫熱的眼淚。

因孟婆湯而失去的記憶一點一點回流，我想起了那段在地府的日子，也想起自己真正的身分，佛所說的話在我腦中浮現：接納一切善，感化一切惡。我終究沒有做到。

黃泉路上，我渺渺孤行，再次行經奈何橋，奈何奈何徒呼奈何，此刻我方知這兩字用的有多麼貼切。

橋頭那纖纖素手又一次為我遞來湯碗，「再來一碗湯，把一切都忘了吧！」我仰頭一飲而盡，企圖將愛與恨的糾葛盡數抹除，早知情愛如此傷人，我寧願仍是不知情為何物的石頭，可惜沾了七情六慾的我已失去了原先的單純，再也無法做回奈何橋邊無情無慾的三生石。

只是人世間仍有這樣的傳說，地府盡頭有條路叫黃泉路，有條河叫忘川河，有座橋叫奈何橋，橋邊有塊石叫三生石，三生石記載著每個人的前世今生，石身鮮紅如血，上面刻著四個字「早登彼岸」……

§

「人世間的七情六慾就像是一個大染缸，一旦走入就很難離得開了。」水瑟幽幽發出嘆息，語氣中帶著同病相憐的味道。

「情慾就像一張網，越是想要掙脫就越難逃離。」惜然有感而發的說，姣好的唇帶上一絲哀怨。

幽月理解似的看了她一眼，伸手遞了一張面紙，「想哭就哭一場吧！這裡沒有人會笑妳，我們都是一樣的——」

「是呀！也只有在你們面前，我才能說說自己的故事……」

惜然眼中的的淒絕，觸動我內心深處塵封的悸動，有如看電影一般，我面前出現一處陌生的山崖上，一名女子神色漠然的立於崖邊，風捲起她的衣襬透出幾分無聲的脆弱，她轉頭看著遠處急奔而來的身影，嘴角詭異的揚起，然後一躍而下。就在她落下瞬間，我看見了她的臉，那是張和我一模一樣的面容。

「妳沒事吧？」女掌櫃挑眉朝我遞來手絹，我恍然回過神來。

故事已經再次開始了。

第七章　彼岸花開

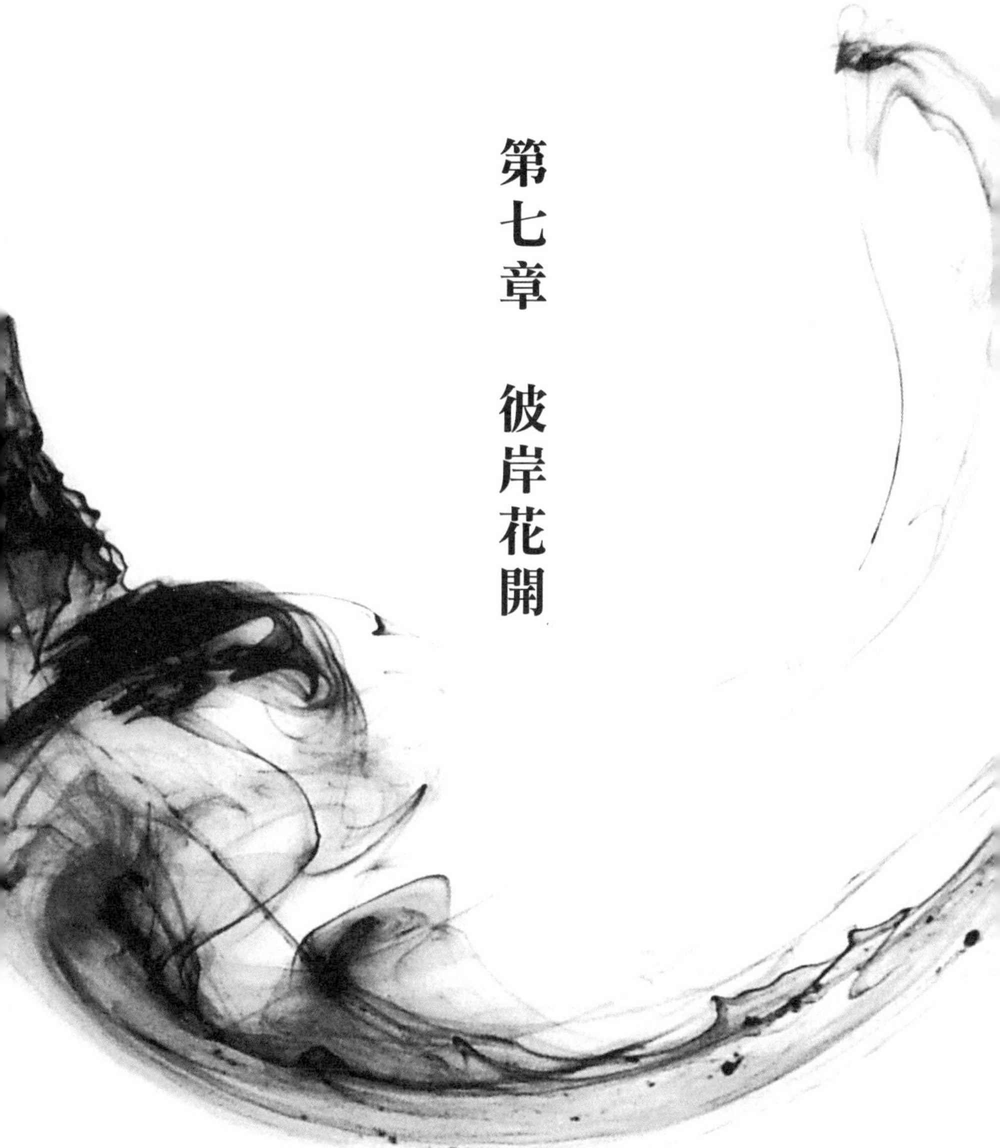

惜然的眼中鋪上一層茫然水氣，一直看來樂觀的表情染上些許脆弱，就在眾人以為她會落淚時，她又恢復俏皮的模樣，說起了自己的故事。

§

在天地初開的時候，彼岸花就已經綻放在黃泉路上，那個時候彼岸花的花瓣是純潔的白色而不是鮮豔如血的紅。

而我是守護彼岸花的精靈，獨自居住在無邊的黑暗之中已經千年，長年來陪伴我的，就只有奈何橋邊的三生石。

千年是看似漫長實則短暫的時光，足夠我清晰的記住有生以來的每一天，也許看著西方落日和東邊朝陽，哼著不成調的小曲，或是捻下花瓣編成豔麗花冠，再灑上高空形成漫天花舞。

時間在這裡是沒有意義的，一天的結束只是黃昏和那彼岸的熊熊火焰，日復一日，我看著來來去去的鬼魂戀戀不捨的從我的花海飄過，他們或哭或笑企圖從花香中找回一絲曾經活著的記憶，然後一批又一批的消失在路盡頭的三生石畔繼續尋找來生，偶爾也有一些逆向而行的人，忍著非常的苦痛堅持要回到人間，為了一個我不曾沾染的情字。

不過這些都與我無關，於他們我僅是個旁觀者，我唯一的職責，就是不能讓活人闖進幽冥。

如果沒有他出現的話，我想我可以將這工作做得近乎完美，可是他來了，在繁花飛舞中，在馬兒嘶鳴中，印下了不該存在的足跡。

我赤著腳踩在花上，看著馬背上的年輕男子，他臉上的笑容比太陽還要燦爛，我心裡驀的一震，好似被人用力撞了一下。

「他會是我的劫數。」一個微弱的聲音在我心底低語，可我移不開眼，那瞬間我感覺好似有什麼填滿了我的胸口，柔柔的像我最喜歡的和風。

他牽著馬朝我走來，一塊玉珮意外從腰滾落，我彎腰拾起，感覺上頭殘留的溫度還有些熾人。

我不經意朝玉望了一眼，上頭用小篆刻著「晤生」兩個字，我猜那應該是他的名，我喃喃唸了幾次，心頭好似有把火在燒著，我從沒見過生得這麼好看的人類。

「公子，你的玉。」我將玉攤在掌心朝他淡淡一笑，滿意於他眼中一閃而過的驚豔，我知道自己是美麗的，卻是我第一次對過人的外貌感到喜悅。

唔生，這個宛如三月春風的男子，吹動了我平靜已久的心湖，我只覺說不出的欣喜像花蜜般縈繞胸口，陰暗的地府好似亮了起來，我應該趕走他的，卻在一瞬間陷入了躊躇，我從不曾如此渴望留下一個人。

「多謝姑娘。」唔生禮貌地一鞠躬，翩翩風采讓我的心明媚地燃燒起來，在體內織成一場漫天大火。「請問此地是否通往幽州？我首次出遠門，怕迷失了方向。」

「通往幽州的路與此地是反方向，公子怕是轉錯了方向。」我輕輕笑了笑，左右都可以弄錯，這人也煞是迷糊。

他好脾氣的保持微笑，刻意忽略我話中打趣的意味拱手問道：「不知姑娘可知附近哪裡有地方可以休息，天色似乎有些暗了。」

「這附近就我一戶人家，公子如不嫌棄就在舍下過夜吧！」我牽過他的馬繫在一棵樹上，談話間悄悄施展法術幻化出一間茅屋。

他看著我，又轉過頭看那看不見盡頭的道路，緩緩的點了頭。

我笑了開來，在花海中灑落滿地芬芳，以致於沒有聽見，佛在我耳畔的那聲輕嘆。

∞

隔日清晨，我送他上馬，我站在花海中看著他的背影逐漸消失，心頭有種沉甸甸的失落，我不只一次想開口留住他，卻忍了下來，我應當無情。

但是如果，他願意為了我回頭該有多好！

貪婪的念在意識裡萌了芽，剪不斷理還亂，纏成解不開的結。

可這是不可能的，一旦出了花海，他就會忘記此地的一切，彼岸花的花香能讓死者想起過去，卻能讓生者喪失記憶。

低嘆一聲，我轉頭回到彼岸花的花叢中，也許睡上一覺能夠讓我遺忘這短暫的夢。

「入我相思門，知我相思苦，長相思兮長相憶，短相思兮無窮極，早知如此絆人心，還如當初不相識。」（唐李白〈秋風詞〉）

我想起很久以前某個鬼魂路過此地時曾吟唱的詞曲，當時我問：「什麼是相思，既然相思此難受為何還要相思。」原來這種酸澀甜膩的感受就是相思。

忽然身後又傳來錯亂的馬蹄聲，我納悶的嘀咕著，卻在回頭那刻整個人呆住，一道人影從路的另一頭急急奔回，馬上那人竟是晤生。

他回來了！

難以形容的狂喜讓我一時傻在原地沒有做出反應，直到馬兒在我面前停了下來，我還感覺有些不真實，他朝我微笑地伸出手道：「跟我一起走。」

我猶豫的看向遠處陪了我好多年的三生石，搖了搖頭，這裡是我的家，人類的世界對我來說是個陌生而危險的地方。

他不言不語，手固執的伸著，好看的眉頭微微皺起，那緊蹙的額頭，攪得我心頭一陣恍惚。

我著迷地看著他一閃而過的憂鬱，一股淡淡的不捨喧騰地蔓延開來，瞬間我竟忘了自己的身分，忘了自己是誰，手不知不覺伸了出去，與他的掌心重疊，人體的溫度灼傷了我的肌膚，有些火辣辣的疼。

他臉上又現出淺淺的笑容，有些粗糙的大掌將我緊緊握住，手臂輕輕一拉，我盈盈一躍人已在馬背之上。

只見他揮動韁繩，馬兒跨步狂奔，我內心沒來由一陣慌亂，柔荑用力環住他腰際，一股奇異的觸感充斥在我的四肢百骸，我眼裡除了他再也看不見其他東西，千年來與我共生共存的彼岸花從視線裡褪了色，隨著距離拉開，我的記憶開始模糊，屬於彼岸的過去悄悄消失。

一切好似在半夢半醒間流淌，我的靈魂彷彿被人輕輕撕開來，灌入某種全然陌生的情愫，佛說愛情是致命的毒，為他我甘心沉淪。

越來越遠的身影沒有一絲留念，執著的背影看不見彼岸花花瓣上落下的露水，滴滴晶瑩如淚。

河的盡頭，載著滿船魂魄的渡人划著船槳駛回極樂。三生石上，緩緩印上我的名，詭異的鮮紅，汨汨流著血，匯成一個破碎的「心」字。

§

翻山越嶺，馬不停蹄奔波了數天後，他帶我到了一處華美的宮殿：玉階金梯，香花滿地，房屋精美別致，莊園大而遼闊。

他告訴我這一切都是屬於他的，他渴望與我分享，他並非無名書生，而是年輕的豳州王。

為這從未見過的景色帶給我的震撼，我滿心歡喜的在莊園中轉圈。千百年來，一直身處黃泉路的我，所見的，就只有紅、黑、白三種色調。

「這是你的家嗎？」我眨眼看著他，我聽鬼魂說過陽間的人喜歡把自己居住的地方稱為家。

他看了我一眼，眸間暗光流動，卻一句話也沒說，只是牽著我的手，走進華麗的宮殿，每一個見到他的人都恭恭敬敬下跪，他們稱他為「王」。他冷冷地從那些人身旁走過，高高揚起的頭一臉傲然，睥睨著腳下眾生。

我跟隨他來到宮殿最高處，遠遠望去可看見一地錦繡山川，他指著萬頃山河說：「妳瞧，多美呀！總有一天這些都會在我腳下。」

「哦！」我低低輕嘆，似乎有什麼變了。

我像隻被豢養的金絲雀，在這牢籠裡住了下來，他寵我、疼我甚至為我不惜耗費巨資建造華麗的高台。

空閒時他會帶著我在台上作畫，畫紙上滿滿的全都是我，有時還有詞，俊秀的字體寫著纏綿悱惻的愛戀。我最愛的是傍晚時躺在他懷中，看著那滿天紅霞聽他吹奏簫聲，然後他會在我耳邊吟誦：青青子衿，悠悠我心。但為君故，沈吟至今。（詩經鄭風〈子衿〉）

我曾以為這樣的愛情可以到天長地久，卻沒想過君王的寵愛只是短暫的鏡花水月。

那日宮殿四周的繁花已經盛開，我為他翩翩起舞，晤生體貼的替我送上一杯清茗，幽淡的茶香緩緩繚繞成幸福的滋味。

可是我萬萬沒有想到，那茶入肚後竟燒成火辣辣的疼，我渾身不斷冒汗卻又使不出半分力氣，只能驚慌的抬頭朝他看去。

他居高臨下的看著我，失去溫度的表情顯得異常冷漠，曾讓我戀慕的性感薄唇附在我耳邊低語：「我早就知道妳不是人而是彼岸花的花魂，這是我特地為妳設下的局。只要吃了妳的心，我就可以得到天下。」

他說話的同時，一個冰涼的物體沿著頸項一路滑到我胸口，我感到一陣難以承受的刺痛，低頭一看，胸口被殘忍的開了個洞，鮮紅的液體染紅了我身上的舞衣。

虛弱的哀嚎從我口中發出，可他完全不理會我的痛苦，迫不及待地將手探入傷口大力翻攪著，將我的心用力拉了出來，那小小的肉塊不住掙扎，上頭還殘留著被扯斷的血管。

我虛弱地倒在地上，看著他將那仍跳動的肉塊一口氣吞入腹中，那貪婪的模樣是我未曾見過的。

「晚點將屍體拖去餵狗！」

冷酷地下達命令後，他連一絲憐憫的眼神都沒有再給我，就轉身殘忍的離開了，放任我獨自品嚐著生命一點一滴流逝的恐懼，我連哭泣的力氣都沒有，悲哀像黑紗罩住我頭上的天空，看不見半點光亮。

§

可我並沒有真的死去，只是靈魂慢慢飄離了軀殼，我是彼岸花的花魂，我的身軀也是由彼岸花幻化而成的。

迷迷糊糊中我看見很多東西，像是作夢又像是真實發生過，有他、有我，還有彼岸數不清的花朵，一滴清水從我臉上落下，我聽見莊嚴梵唱從四面八方傳來，「人生如夢亦如幻，朝如晨露暮如霞」。

虛空中我感覺一雙溫柔的手正輕輕撫慰著我，我立刻就感覺出那是佛，我知道佛是來接我的，可是我不想回去，我心裡某個地方空得難受，我必須去找他，只有他能夠填補那個缺口。

我見到了一個影像，我在花園裡殺了他，鮮血不斷流出，把我身上全都染成紅色。

「妳不該嚮往人世，那不是我們該去的地方。」

曾經和我同樣居於彼岸的孟婆這麼對我說過，當時我以為那不過是阻止我離開的拙劣謊言，現在我才知道，人世對我來說就如同裹著糖衣的毒藥，美麗卻致命。

雨水從天空斷斷續續地落下，雖然看不見，可我感覺到佛在哭泣，這是為我而落下的慈悲。

我看著自己被挑空的胸口，血淋淋的大洞正不斷向外流淌著鮮血，儘管不痛卻很難看。

這時候我聽見身後傳來尖叫，是一名女官站在我身後，我看見她身後跟著兩個侍女，大概是來處理我的「屍體」的。

我愣愣地看著她們，透過那吹彈可破的粉色肌膚可以看見底下血管的流動，從她們身上散發出年輕而強烈的生命力，我舔著纖細的指尖幽幽笑了起來。

彼岸花本來就是會吃人的，除了晤生以外，所有誤闖黃泉路的人，早就都成了花根之下一堆白骨，而我將要完成我未盡的職責。

三雙無辜的眼還不明瞭發生什麼事前就已經嚥了氣，我的指甲迅速切斷她們的咽喉，血霧形成曖昧的弧度，在空中噴灑開來，濃濃的鐵鏽味蓋過了淡雅的花香，如同我所熟悉的黃泉。

我仔細地將她們身上的人皮一寸一寸剝了下來，小心的貼在自己傷口上，沒多久我臉龐立刻恢復了紅潤的色澤，胸口淌血的大洞也跟著消失，我從一旁的湖面看見自己的倒影，滿意的笑了起來。

然後我回到房裡，換上最美麗的衣服，儘管他負了我，可我還是愛他，既然沒有天長地久，至少要他對我刻骨銘心。

我化出一張截然不同的容貌出現在他的晚宴上，那是我根據他的喜好所精心設下的陷阱，我飄然而立，姿態宛如孤山寒梅，衣裙飛舞更勝凌波仙子。

他見著了我，眼裡是抹不去的驚豔，手上握著的洛神花茶意外灑落，染成一地血般的紅。

我開始旋舞，輕紗翻飛，餘韻幽然。彷佛成了一隻撲火的飛蛾，在夜裡跳躍著，既詭異又淒迷。

此刻，我映在他的眼眸裡，那深邃雙眸帶著似曾相識的溫柔，恍然間有一絲的不真實。

他走下王座，將我牢牢鎖在臂彎中，「今後妳就是我的王后。」

我在他懷裡笑著，笑落一夜的星辰，我等到了我的注定，胸口卻疼得無法呼吸。

§

那晚宮裡徹夜狂歡，他極盡纏綿的寵愛我，我倒在他懷裡，幾乎要以為自己是幸福的。

纏綿過後，我伸手撫著他的眉眼，依舊是初見時令我心動的模樣，我偎在他胸口，垂下頭低低的問：「你愛我嗎？」

「那當然，妳是我的妻。」他傲然回答著，理所當然的語氣讓我不禁失笑。

「可你有多愛我？」我望著他笑得有些淒然，翦翦水眸中閃過異樣波動，「你的愛有多深多重？幾尺幾寸？」

「我可以將一切與妳共享，這樣足夠了嗎？」他將頭抵我額上，仍是那漫不經心的口氣，彷彿是天大的恩惠。

「那你愛過她嗎？那個從外頭帶回的女孩。」就算是謊言也好，我想要他的回答。

「她只是我的一顆棋子。」無情的話語又再度刺傷了我的心，痛得我體無完膚。

「你真的很殘忍，你永遠知道傷我最深的辦法。」我笑著自語，過低的音量讓他有些聽不清。

「妳說什麼？」他納悶的詢問，卻在下秒透出驚惶的眼神，不知何時我已經卸下了偽裝的表象，回到原本的面貌。

晤生用力將我推開，恐懼地倒退，臉上盡是難以置信：「妳、妳不是已經死了嗎？」

「是死了呀！」我緩緩地點頭，纖纖玉指梳理著散落的青絲，以前他最愛我這樣的風情，「可我為了你特地從地獄爬了回來。」

我眼角斜挑更增一抹媚色，只可惜唯一的觀眾沒有欣賞的興致，晤生臉色數度變換扯開喉嚨向外大聲吶喊，但是沒有人回應他，整座城的人都睡著了，在彼岸花的花香中做著沉沉的夢。

「你不是說你愛我，為什麼要逃走呢？」我輕笑著一步步向他走近，身上還殘留著歡愛過的痕跡，而那個方才還說愛我的男人，卻已躲得遙遠。

忽地，我感到左肩一陣刺痛，他不知何時已拔出佩劍朝我劈來，我不及閃避一隻肩膀被生生卸了下來，血氣飛濺房內，氣氛再添幾分詭異。

「你要再殺我一次嗎？」我的聲音很輕很柔，卻透著一股莫名的寒意，隨意披散的頭髮慢慢變長，宛如藤蔓似地朝他爬去，數千髮絲彷彿有生命般的扭動著，像針似一根根鑽進他的肉裡瘋狂吸食著他身上的血液，晤生的臉色漸漸變得蒼白，而我所穿的衣服顏色則越來越鮮紅，就像血一樣，仔細一看彷彿有滴滴紅色液體落在地上。

他大概不知道，我的頭髮是彼岸花的根，我的衣服是彼岸花的花瓣，我之所以喜歡白色的衣物，是因為彼岸花的花瓣是白色的。

我面無表情的看著他身上的肌膚慢慢枯竭，身上的衣物重得幾乎讓我難以移動，可他的眼始終沒有閉上，牢牢地望著我。

在他斷氣那一刻，開闔的嘴似乎想說些什麼，可是我一個字都沒聽見，印在他眼中的影像卻清晰得讓我心痛，也許他對我曾有過一絲心動，但我永遠也不會知道了。

我抱著他的屍體一起回到了黃泉路，無數的彼岸花將我們包圍吞噬再也分不出彼此。

後來彼岸花的花瓣變成了豔麗的紅，像血一樣。

「這個男人實在是可惡又可憐。」幽月撫著額輕輕低嘆，「連愛情都能拿來當籌碼的人未免太悲哀了。」

「我也這麼覺得呢！」蝶馨喝了口熱茶後點頭表示同意，不過她更想知道，故事裡的男人最後想說的是什麼？「妳應該也很好奇吧？」她望了惜然一眼淡淡淺笑。

「他說什麼都不重要了，一點都不重要。」惜然的聲音帶上一分苦澀沉默地坐回角落。

我沉默地坐著，沒清楚她們還說了些什麼，因為耳邊若有似無的聲音模糊了我的聽覺。

「我可以滿足妳任何的要求，除了愛情。」

「但我要的從來只有你的愛情。」

太陽穴跳得有些劇烈，這對話猶如偶像劇中的對白，可我依稀認出那聲音其中一人是我，不過我何時何地又是對何人說過這樣的話，卻怎麼也想不起來。

而且，有股莫名的恐懼冉冉升起，我發現自己在害怕，對於這些陌生的記憶。

天開始出現一絲光亮，水瑟和墨香互看一眼後盈盈起身，一襲水藍色的長裙宛如晃動的湖泊。

第八章　愛恨幽幽

一陣微風竄入，帶動空氣中若有似無的微香，水瑟取出一支竹簫緩緩吹奏，頓時我眼睛竟好似見到了湖畔垂柳迎風翩翩。

§

「凌波羅襪，天然生下，紅雲染就相思卦。脫下紅繡鞋，試打一個相思卦。」

（《金瓶梅》）

水瑟是我的名，我是一縷飄泊的孤魂。已經死了很多年，久到記憶都有些模糊，流光逝去了一年又一年，我成為人們印象中一抹短暫的驚鴻，只有那漆黑的祠堂裡立著我的牌位，上頭題著甄氏烈女水瑟，記錄著我曾存在的證據。

鬼差說我是朝廷冊封的正神，對我非常尊敬，稱我為烈女，就像土地公公與土地婆婆一樣。

可我不在乎，我僅是一個啥都不懂的鄉下丫頭。如果能夠選擇，我才不要做什麼神，我只願當他的妻。

若是沒有那場禍事的話，現在我該是個孝順媳婦、賢惠良妻，每日守著灶台炕頭，倚門等待良人回來。

但是今夜之後，一切都將改變，我所受到的香火已經讓我有了法力，我要去尋他，尋我的良人，哪怕天涯海角誰也不能再將我們分開。

暗夜時分，樹影搖曳，我從祠堂中走了出來，月光灑在我身上，發出淡淡光暈。興許是因為許久沒有走路之故，我的雙腳柔軟如絲，身體輕盈似絮，雙臂微微伸展，竟就隨著風飄起來。

在冰涼徹骨的湖水裡，我洗去了一身塵土，水面上映出我蒼白的臉和紅衣、亂髮以及插在頸上的金釵，悽慘悲烈的死相。

我看著湖面上的人影輕輕皺眉，十指俐落地梳理一頭青絲，我不要他見到我這般模樣，在他眼底我該是美麗的，天下無雙。

褪去身上的人皮，我以黛畫眉，胭脂暈染，小心翼翼的在上頭描繪出最美的妝容，精製的香粉遮蓋住淡淡的血腥氣息，一筆一畫都載滿我的思念。

永遠都記得那日，沙沙搖曳聲的蘆葦田裡，我和他，一生中唯一一次面對面說話，夏夜的風緩緩吹動，捲著枯葉從一頭吹到另一頭。

我站在高高的土墩上瞧著他，那靦腆的秀才郎，說沒幾句話已紅了臉龐，我看著他甜甜一笑：「不管多久，我總會等著你。」

我等他出現在村口的小路上，等他讀完書走來，等他回頭看我，等他考完秀才，等他大紅花轎來迎娶，卻不料等到頭來剩下一場空，短短一個月竟是人鬼殊途。

這麼多年過去，村子裡換了三個村長，曾經開滿了雪白蘆葦花的水塘，如今已作了耕地，尋不出一絲絲往日的痕跡。

起伏的麥浪中，再看不見那個高高的人影，手握著書，清俊的眉目微蹙，一點點走近。

這麼多年他該老了吧！現在怕也有七十多歲，可他還認得出我嗎？

我沿著熟悉的路前行，每一步都是含羞的女兒心事，土地公公匆匆趕來不斷要我回去，可我不願回頭，那個所謂光榮的祠堂對我而言只是個禁錮的牢籠。

「烈女妳會後悔，會後悔的。」一聲聲呼喚在空中飄盪，但我沒有回頭，雖然眼前所見已是一片迷濛。

§

找到他時正是五更雞鳴時刻，他穿著一身薄薄的冬衣站在城樓上，背弓如蝦、白髮零落，我的甄郎，那少年時風流倜儻的男兒，怎成了如今這般落魄的模樣。

我摀著嘴不敢發出聲音，透明的手輕撫著他蒼老的面容，眼淚一滴滴落下，六十年歲月，竟將他摧殘成如斯模樣。

一絲強烈的不捨縈繞在我心頭，可我不敢出聲，深怕驚擾了他，我分明是那樣渴望見他，卻又怕他被我給嚇著了。

就在這時，初升的日光照上我的身，我本是受到朝廷冊封的正神，此時周身散發出淡淡金光，他瞇著眼瞧了我一眼，雙眼兀地瞪大。

「水瑟——真的是妳——」他的聲音有些不穩，喉嚨已沙啞難言，失去往昔的瀟灑。

我瞅著他輕輕點頭，雙眼含淚，恐懼下一瞬間就驚醒片刻春夢。

忽然他朝著我的方向跪了下來，額頭重重敲著地面，「水瑟，是我不好，是我害了妳，妳放過我，放過我吧！」

我睜睜看著他，腦子不是很明白，他在說什麼？眼前這悲苦卑微的老人，真是我的甄郎嗎？為何他說的話我一句也不明白。

他見我沒有反應，額角更大力的撞著地面，鮮血流得滿頭滿臉，「是我不好，是我對不住妳，我不該故意讓那廝看到妳的畫像。我是禽獸，我不是人。」

他邊說邊不斷甩自己耳光，我只覺天旋地轉踉蹌著扶住圍欄，一個不小心差點跌下城樓。

風在我耳畔狂嘯著，所有一切都像是假的，誰能告訴我，他到底在說什麼？

「烈女，回去吧！六十年了，妳還看不清嗎？」出現在眼前的是，紅袍鐵筆判官，我在閻羅殿上見過他，姓陸。「妳一直不知道，當年這畜生中了榜眼，宰相打算將獨生女嫁給他，他貪慕榮華富貴想都沒想就答應了，可又擔心妳找上門來。可巧，碰到李太師那性好漁色的兒子……剩下的，不用我再說下去了罷？」

我緊握衣襬，指節扭成青白色，艱難的擠出字：「判、判官大人，請您說下去。」

「這可是缺德的事呀！」陸判官拂了幾下自己過長的鬍鬚，「他見那姓李的好色，立刻巴巴的湊上前去把妳的畫像獻寶似的給人家看，甚至還幫著人家出主意，就怕妳不肯聽話。」

我聽得渾身發冷，身子好似被丟進冰水中三魂七魄都要散了，他低垂著頭動也不敢動一下。

陸判官抬腿踹了他一腳，又接著道：「可他沒料到妳寧死也不肯答應，所以又想了另一條毒計。那天晚上闖進妳家玷污妳的那群黑衣人就是他指使的，為了要妳再也沒臉面自稱是他的妻。」

「甄郎……這，判官大人說的，可是真的？……」我緩緩轉向他，眼中帶著一絲冀望，我心擰得難受，彷彿隨時都要化成血紅碎屑飄散。

「水瑟，是我不好，妳大人有大量，饒了我吧！」他縮著身子乞求著，每一個字都狠狠刺在我的心上，假的，全部都是假的。

§

我從喉嚨終於擠出沙啞的苦笑，伸手解開髮髻，取出那只在衣袖藏了六十年的約定，那「等我回來」四個龍飛鳳舞的大字還是那樣清晰，可人心早變了模樣。

使勁將那竹片捏得粉碎，破損的黃竹紙，朱絲闌，血肉黏連，在我掌心裡化成蝴蝶般的殘屑。

兩行血淚掛在我臉上，糊了好不容易化好的妝容。

原來這世間不是每對男女都可以化成蝶，絕大多數就像這殘缺的蝴蝶，中途便已夭折。梁祝的傳說終究只是傳說，愛情太過飄渺，摸不著、看不到，永遠太遠了，沒有人知道它到底是什麼模樣。

我長長的黑髮在空中胡亂飛舞，一身染血衣物，頸上插入金釵處不斷冒出暗黑血水——一個兇死的厲鬼，這才是我本來的面目！

一滴淚匯於我眼角，閃亮，而後蒸發。

我想起我死去的那個晚上，灰濛濛的天掩去月光，嬌俏的女兒家坐在床前，一針一針繡著交頸鴛鴦枕套，佈滿紅霞的赧顏思念著遠在京城的情郎。

突然門外傳來爭吵和衝撞聲，我打開門，年邁的雙親被幾個穿著黑衣的大漢推倒在地，他們一見到我像餓虎撲羊似地衝了上來，充滿汗臭的身子直往我壓了過來，我只覺一陣噁心，差點吐了出來。

「你們這些混蛋別碰我家閨女！」我爹爹操起爐灶旁的木棍沒頭沒腦的往那些人打去，不知是哪個人轉身用力一推，老人家腳下沒踩穩撞到桌腳，當場腦袋開了花。

我娘抱住爹的屍體痛哭嚷著要報官，另一個人眼看事情越鬧越大，一腳也將她給踢死了。

「爹！娘！」我大喊著掙扎想逃開，卻敵不過男人壓倒性的力道，身上衣裙硬生生被扯破，露出裡頭貼身的褻衣。

我記得那個時候我害怕得大聲哭泣，心中不斷喊著他的名，卻沒想到這一切都是他策畫的。

人體溫熱血液的觸感還殘留在我身上，那是我第一次也是唯一一次殺人，我拔下頭上的金釵用力刺進那埋首在我胸前男人的頭顱，他在我身上抽搐幾下就沒了動靜，鮮血濺在我臉上猙獰得有些嚇人。

我握住染血的金釵一步步朝他們逼進，或許是我的表情太過駭人，幾個大男人竟驚恐的衝出屋外，甫躲過一劫的我跌坐在地上，卻沒有絲毫喜悅的成分。

看著自己身上殘破的衣物，感覺自己的身體變得好骯髒，即使我知道自己並沒有受到侵犯，可是有誰會相信我的話？

透骨的絕望籠罩著我，我感到一種深沉的恐懼，甄郎他怕是不會要我了。

我將自己的委屈寫成血書壓在土地廟前，接著在屋子四周點起火苗，我就坐在房裡看著火舌慢慢擴散開來，村人們都聚集過來，大聲喊著我的名，可我終究沒有踏出火場，而是拿起殺死那惡人的金釵用力刺入自己咽喉。

然後我看見自己的魂魄飄飄然離了體，一雙小腳離地三寸，虛虛地浮在空中。

∞

六十年的，輾轉反側，千言萬語，到頭來只換來他的——「對不起！是我負了妳。」要我情何以堪，我所相信的一切，到頭來原不過是一場笑話。設計陷害我，甚至讓爹娘無辜枉死的人，竟是我一直牽掛的郎君，而為的僅是那從不屬於他的權勢、地位。

黑色的血從我緊握的手中滴落，我已是沒了肉體虛無飄渺的魂魄，可還是能感覺得到痛，早不再跳動的胸膛，彷彿要碎裂開來。

一股濃濃黑氣從我眉心竄出，結結實實的包覆在我身上，我感覺身體漸漸產生變化，想要撕裂一切的恨意節節攀升，我想起小時候聽說書人說的故事，成魔只要一念之間，我想我已成魔。

「烈女，千萬不可呀！」感受到我驟變的心境，陸判官著急的喊住我，「妳要是殺了人，就會失去神籍被打入地府，必須接受七百年的苦刑呀！」

地府的刑罰再苦，能抵得過此刻我內心的苦嗎？

我轉頭看了判官一眼，嘴角淡淡的勾起一抹嘲諷的笑，打從死後我就沒笑過，沒有想到卻是在這種時刻露出笑容。

「既然你欠了我的情，就該用你的命來還。」我幽幽開口，笑靨宛如盛開的梨花，他愣愣地站起身，像木偶似的朝我走來，我將頭靠在他胸口，聽著裡頭跳動的聲音，噗通！噗通！

他是如此的衰老無力，只要我一用力就可以奪走他的生命，這個狠心的男人害了我一生一世，他為了榮華富貴害死我的雙親、毀了我的清白，可為什麼我的眼眶還有淚？為什麼我的手居然在發抖？

垂下眼，我看見一對年輕的小兒女手牽手從城樓下方走過，男的穿著長衫馬褂，女的上半身是十八鑲素面繡花短襖，下搭黑色長裙，寒風呼嘯而過吹下滿地蒼涼，少年伸手拭去落在女孩髮上的枯葉，女孩臉上染上兩片紅霞，眉眼間嬌羞無限。

忽然我的記憶飄回到很久以前，他第一次來我家時的場景，我躲在院裡的桂樹後偷看他，一陣微風吹過落英飄然灑落，他筆直朝我走來，輕輕扶去落在我頭上的花瓣，陽光射在他身上一瞬間奪走了我的心。

「一願郎君千歲，二願妾身長健，三願如同樑上燕，歲歲長相見。」（五代馮延巳〈長命女〉）

我想起我是多麼愛他，我想起金釵刺入喉中，氣息斷絕那刻，眼前逐漸暗下來的陰影裡，全都是他的面容。我曾以為若這世上有什麼是不變的，或許，就是他的誓言。

愛深恨亦深，我早已深陷其中無法自拔，只是該恨誰？該怨誰？恨他的薄情，還是恨自己有眼無珠。

「烈女，放下吧！天道自有定奪。」陸判官望向我的眼中帶著憐憫，「這人賣妻求榮，一輩子的榮祿已毀在他自己手上，本來他若循正途可以官至宰相，可現在他受到懲罰，在世之時終身貧苦潦倒，死後還得投身餓鬼道五十年，你何苦為了這種人讓雙手沾上血腥。」

說得對，我何苦這樣折磨自己呢？可我放不開呀！這愛太深太重已非我所能負荷，我所能做的唯有隨著它往下沉淪，直至滅頂。

情債最難償，誰先欠了誰只怕早已說不清，我只盼此生過後再不相逢，但願從今往後永不復相思淚。

§

「判官大人，恕我對不住您的好意。」我朝他盈盈一拜表達我的謝意，他是個好官，對我這樣含恨的冤鬼總是特別關心，可我終究辜負了他的善心。

我眼神一暗，按在他頸上的手指加重力道，「喀擦」一聲空氣中清楚傳來骨頭碎裂的痕跡，我用力捏碎他的頭顱，看著血液以霧狀噴射而出，在空中形成紅色的血霧，城樓下的人們抬頭往上看，為這天降的血雨大感驚詫。

我看著從他天靈蓋冒出的冉冉白霧，臉上綻放出一抹淒絕，在與他的魂魄目光相接時，我將手指插入眼窩，硬生生將眼珠子挖了出來。

今生是我有眼無珠錯認了良人，若有來生我再不想見到他，這雙眼睛就是我用來提醒自己的教訓。

兩行鮮血從我空洞的眼窩流下，我聽到陸判官嘆氣的聲音，他沒有和我說話。但是，我猜得到他想說什麼，最後的一瞥，我看見他的嘴唇翕動著，他的口形在說——癡兒。

我突然有些口渴，想起忘川邊奈何橋上的孟婆湯，那人曾說要永遠為我留著一碗——或許今日是飲下的時候。

第一最好不相見，如此便可不相戀；第二最好不相知，如此便可不相思；但曾相見便相知，相見何知不見時，寫得與君相決絕，免教生死作相思。（作者：倉央嘉措）

那一夜，某個偏遠村莊以烈女祠為起火點發生了一場大火，火勢整整燒了一日一夜，所有莊稼、房舍盡數燒成灰燼。

隔日當鄰村的人趕來幫忙滅火時，發現整個村莊的人全都是呆滯的表情，似乎受到極大驚嚇。

§

「我不明白，為什麼要把自己的眼睛挖出來。」蝶馨搖頭滿是不解，那一定很痛吧！

「那是因為有的時候看不見比較幸福啊！」水瑟朝我的方向輕輕微笑，我心頭升起怪異的錯覺，彷彿她並不是在回答蝶馨的問題，而是在和我說話。

看不見！我究竟沒看見什麼？這些人或者說鬼，真的只是來投宿的過客嗎？

窗外的雨聲漸漸轉小，隱約有放晴的徵兆，所有人不約而同將目光放在墨香身上，我們彼此都知道，故事快到尾聲。

第九章　墨香華影

墨香揮動衣袖緩緩開口，聲音清脆悅耳，宛如滴滴水珠落在玉盤之上，我才聽了幾個字，已有些癡迷。

§

「君似明月我似霧，霧隨月隱空留露。君善撫琴我善舞，曲終人離心若堵。只緣感君一回顧，使我思君朝與暮。魂隨君去終不悔，綿綿相思為君苦。相思苦，憑誰訴？遙遙不知君何處。扶門切思君之囑，登高望斷天涯路。」（樂府〈古相思曲〉）

很多時候，我會想起千百年前，在佛前閉目靜修的那些日子，那時候我不懂得愛，也還不懂什麼是恨。

我本是圍繞佛畔的眾飛天之一，終日在禪香中聆聽莊嚴佛法，一切的因果，都發生在那一日。那日，其實與平時任何一日並沒有絲毫不同，佛如常端坐講法，蓮香爭綻，仙樂飄動，天女散花。

但是，我不知為什麼，偶然睜開了眼，發現自己居然出現在一面紫檀色雕花的屏風之上，佛和原本圍繞在身旁的姊妹都沒了蹤影，只剩下我獨自一個人孤單的站著。

而他就坐在我面前，拿著畫筆小心翼翼描繪著，靈活的線條勾勒出我飄然舞動的裙襬，薄紗層層疊疊，彷彿真有微風竄入飄然起落。

我看著不禁覺得有趣，我曾聽過人間有些厲害的畫家能夠畫出擁有生命力的作品，卻沒想到竟有人能夠透過畫筆將神仙捕捉到圖畫中。

一種奇妙的情緒在我心底蔓延開來，我忽然升起強烈的渴望，我想看看這個人究竟能畫出什麼樣的作品，那瞬間我忘了我的身分，也忘了佛的存在，懵懂間好似有什麼悄悄在心底扎根、萌芽。

為了見他工作的情況，我幾乎日日都瞞著佛偷偷往外跑，每當他疲倦的時候就會停下來望著我棲身的屏風微笑，彷彿知曉裡頭躲著一個偷窺的仙女。那俊雅的模樣深深烙印在我腦中，就連誦經時都會不斷浮現，漸漸我的心開始浮動，失去了以往的平靜。

察覺到我的異狀，佛搖頭輕輕嘆息，口中低語著：「孽緣，孽緣。」

孽緣是什麼，我並不清楚。我一出世就侍奉於佛前，不曾沾染過人世的情愛，我只知道一見著他，我內心就無比歡喜，好似從前聽見佛說絕妙佛理時的悸動。

「妳中了毒！愛情的毒。」一名甚少開口的姊妹對我如是說，她緊蹙的眉間染上淡淡的愁。我對她並不熟悉，僅曉得她總穿著一身白，還曾有過一個人間的名字，叫作白素貞。

原來這甜甜酸酸的感覺就是愛情，我按住起伏不定的胸口似懂非懂輕笑著，可若愛是毒我甘心為他飲下。

我向佛祈求，求祂許我與他一世的情緣，人的生命是那樣短暫，我很快就會再回到佛身邊。

佛看著我低下頭，一句話也沒有說，三生石並沒有我與他的名，佛知曉卻沒有阻止，我明白祂是要我自己做出選擇，姊妹們聲聲呼喚我，可我一句也沒聽見，我的心已不在這裡，飄到了很遠很遠的地方……。

我離開的時候向來晴朗的雷音寺下了一場雨，一場金黃色的雨，人們說那是神跡，可我明白那是淚，是佛為我流下的淚。

§

墨香，是他為我取的名字，取自墨曇幽香的意思。

真正進入他的生活後，我才發現他一天幾乎有七個時辰都在作畫，彷彿繪畫是他人生中唯一的目的。他的父母早早過世，也沒什麼親戚朋友，只靠著賣畫維持基本生活。

偏生他又是個極挑剔的人，硬是給自己訂下了三不畫的規定：魚肉鄉里為富不仁不畫、不懂藝術故作風流不畫、題材無趣缺乏興味不畫，如此一來，哪怕有吳道子轉世的才華，也被他硬生生給斷了生計。

可我就愛他這樣的性子，或許是因為他的脾氣讓我想起佛座下那朵出淤泥而不染的青蓮，同樣倔得讓人憐惜。

但日子終究得過下去，好幾個夜裡我看見他對著一張張畫作嘆息，我知他不想畫，卻不得不畫，一抹濕潤浮上我的眼，竟沾濕了屏風。

於是我吹熄了蠟燭，趁他休憩的時候代他完成一張張畫作，我不愛看他緊鎖眉頭的模樣，他好我就好。

我竟癡傻得連自己都覺得可笑，只怕他根本不知道我的存在。

某晚，溫度格外嚴寒，窗外白雪靄靄，風狂妄似虐，小屋子裡的爐火將要燃盡，畫累的他伏在案上假寐，身上就披著一件薄薄長衫。我忽而想到，他，不冷的嗎？

我心裡按捺不住強烈的擔憂，未及思索，身子竟已走出了屏風，我拿起掛在架上的外套走近他身旁，緊握的指尖微微輕顫，一股男性氣息竄入鼻間，不曾與男子如此接近的我頓時膝蓋一軟，不小心撞落了硯台。

「什麼人？」他倏地跳了起來，我來不及躲藏，剎那間與他目光相接，頓時羞紅了臉想遁入屏風中，卻被他用力拉住了衣角。

「妳是，墨香嗎？」他盯著我隨風飄盪的裙襬訥訥的問，老實的面龐顯得有些羞赧。

「我為你而來。」我看著他淺淺含笑頷首，綾羅腰帶如流泉般浮動，上頭所繡的素色芙蓉花瓣悠然旋轉，滿室盈盈生香。

「我是在作夢嗎？」他微微顫抖的握住我的手，彷彿在確認自己是否仍在夢中，我不知哪生出的勇氣踮起腳尖在他頰上落下一吻，他看著我無法成言，瞬間癡了。

我倒臥在他懷中，他執在手上的畫筆不知何時落了地，燭影飄搖掩不住滿屋春色盎然，耳中只聞衣物的磨擦和一聲接著一聲甜膩的歡愉。

「墨香、墨香。」他不斷喚著我的名，好似要把一切刻在心裡，一抹疼痛深深扎進我，與靈魂融為一體。

雞鳴時我見他驚坐而起，疑惑的目光環視自己房間，我不禁好奇他會不會記得昨夜的一場風流，會不會記得我的裙帶滑過他的掌心，會不會記得那柔軟溫潤的嬌軀在他身下綻放出如花的美麗。

可他什麼也沒說，只是悵悵然立身站起，指尖在我眼角眉梢輕輕畫過，彷彿羽毛般的溫柔卻透著異樣的沉重。

§

自那以後，我不時會出現他面前，我替他煮飯、理家、磨墨，他則替我梳髮、畫眉，我們親膩得就像一對新婚夫妻。

可我敏感的察覺他似乎漸漸變得不快樂，好像有什麼沉甸甸的壓在心頭，我觀察了幾天後忍不住開口詢問。

他看著我吐出長長一聲嘆息，「我愛妳，墨香，可我不能一生一世活在夢裡。」

我眨眨眼看著他，似懂非懂，無辜的眼神像個孩子。

他攬住我的腰又是一聲沉吟，空氣忽爾靜了下來，充斥著讓人屏息的寧靜，夜漏滴滴答答，似小小的牙齒輕叩，一口口啃進骨頭裡去……

「這幾日，有人來向我說媒，是鄰村楊家的女兒。」他幾經思量後開了口，話中帶了些避重就輕的成分，可我聽得出來他的心動了，他是獨子，背負著傳宗接代的重任，這是我遠遠比不上人間女子的地方。

「你不要我了嗎？」我擤了擤鼻子，可憐兮兮的看著他，我為他來到塵世，沒了他，我該如何是好？

「……墨香……求求妳！這對我很重要！……」他哀切懇求，盼我允他一個真實。畫中飛仙對他終究是虛幻傳說，他要的還是人間，是安穩的生活，是個能與他白頭到老的妻。

我推開他慢慢起身，一點一點地退回屏風，淚水模糊了我的眼，讓我看不清他的影像，可我還是點了頭。罷了，他好，我就好——

暗夜，無人的房裡，屏風上滴下水珠，凝成一地水跡，不是霧珠，是我碎落的心，而他不知，不知……

一個月後，他迎娶了楊家女兒，郎才女貌一時傳為佳話。

燭下新人如花，錦衣端坐，眼角眉梢，風流無限，漫天花雨迷濛。那風花雪月，都作奼紫嫣紅開遍，灑一地醉魂馨香。

我看見他抱著她，倒在我一針一線織成的鴛鴦錦上，口中盡是溫言軟語，她淺笑含羞，喊著他的名。

我一陣刺痛，引風入屏，捲起的衣袖遮住螫人的難堪，眼不見還一片清明自在。

春宵苦短，誰聽得見飲泣吞聲，屏風之上只餘冷月清照。

有些悲哀，是沒有聲音的，有些疼痛，是沒有眼淚的。

（我的男人已是別人的丈夫。我聽見他對那女人說，這一生一世，我只有你一個。）

（你會一直愛著我嗎？有多久？我會陪著你直到生命結束。）

原來在歲月裡，真的沒有什麼是不會改變的。

原來不知不覺間，這流年早已偷換了芳華。

可我離不去、走不開。塵緣已了，塵心卻未盡，一點縈懷潛伏體內，如蛆附骨，鑽入脊髓深處。

只貪能多看他一眼，多待上一天，哪怕每一眼所見皆是折磨，我也甘之如飴。

（是不是每一個女子的命中，總是會有某個男人，讓她甘願為他放棄一切驕傲？）

我不知道答案，也沒人能告訴我，可不論重來多少次，我還是會忍耐著看他娶別的女人。誰叫看他疼總比我疼，更來得難受。

§

成親後我敏銳地感覺他變了，不再有那些個莫名的堅持，一張一張俗豔的畫作堆積如山，因為他的妻想要華麗的衣物、新鮮的胭脂水粉還有昂貴的朱玉首飾。

他獨自留在畫室的日子漸漸少了，有時五、六天才出現一次，我被遺忘在畫室一角，默默品嘗寂寞。

偶爾我會在半夜悄悄飄出畫室，來到床前靜靜地看著他，看他摟著新婚妻子沉睡的面容。

他可還記得？冬寒那夜，風流繾綣的纏綿，甜蜜膩人的擁抱，熾熱糾纏的身軀，他還記得我嗎？

一日，他離家到遠地替一位富商作畫，我聽見男女嬉笑的聲音從臥房傳出，我心生納悶穿牆而入，見他的妻子正躺在床上與一名年輕男子笑鬧，那名男子我曾看他來過幾次，是當地知府的獨生子。

一股熟悉的氣息瀰漫在空氣中，是男女床笫間特有的味道，我摀住口難掩心中驚愕，我思思念念無法擁有的幸福，卻被她如此糟蹋。

淫靡之聲圍繞室內，我闔眼不願見那不堪景象，他是那樣高傲的一個人，怎能忍受如此侮辱。

那兩人躺在床上，裸露的軀體緊緊相擁，混濁的呼吸一聲快過一聲，我只能躲在角落，假裝什麼也沒看見。

「你們在做什麼？」

驀地咆嘯聲起，他狂奔而入，雙眼的血絲縱橫交錯，充滿怒火，憤恨的拳頭如雨點般落下，混雜著男人的哀號和女人的尖叫。

我靜靜地旁觀，眼前似有場暴風雨正要降臨，忽然數點豔紅飛濺而出，沾上我的衣襟。

血！為何會有血？

我愣了一下瞪大雙眼，驚見他的胸口冒出一片刺眼腥紅，那個女人如鬼魅一般立在他身後，手上匕首的寒光一閃一閃竟是深入臟腑。

他的眼神凍住似的凝結，緩緩轉頭難以置信地看著身後的人，喉嚨勉強發出含混的聲音：「妳……殺我……」

女人冷笑著將匕首扔在地上，繡花鞋的鞋尖惡意的踐踏他傷處，「你只是個窮賣畫的，你以為我真的喜歡你嗎？」

他愣愣地瞧著那女人幾秒，然後突兀的笑了起來，「報應、報應，這是我負心的報應。」

「不！」我不顧一切的現出身形，將他逐漸失溫的身軀緊緊摟在懷中，他抬手用盡最後一分力氣，不捨地撫著我的臉。

這是頭一次，他眼中除了我再也沒有其他，可我高興不起來，眼淚撲簌簌的直落，我寧願他忘了我活著，也不希望他記得我而死。

我抱起他身子，將他的頭枕在腿上，那眉眼，仍如我初見他時那般俊秀。

俯下頭，我輕輕吻上他的唇，口中嚐到的是死亡的氣息。用力咬破蒼白的唇瓣，血是還是暖的，如熾烈的酒，燒我的喉、灼我的心。斷線的淚，滲在血裡，添上苦澀的滋味。

淚盈滿面，我抬頭恨恨瞪著因我出現而嚇傻的兩人，他們衣衫不整的身子因我的目光而顫抖，我放下他的屍體起身，朝他們一步一步逼近……

一聲高過一聲的慘叫迴盪，我眼中所見只餘一片刺目的紅，指尖上還殘留著撕裂肌膚的觸感，白色絲袍已被血水浸濕。

「救命呀！誰來救救我。」

「妳、妳到底是哪來的怪物？」

「我是他畫出的飛天！」我居高臨下品嚐他們的恐懼，淺淺笑了起來，粉色舌尖輕舔著指上的血漬，瞥過頭望著躺在血泊中的身影，「我本不想傷人，可你們殺了他，而我不是個大量的人。」

佛前百年，方知情慟。

我沒有想到，唯一一次放肆自己的情緒，會是這樣沉重的恨，或許從睜眼那刻起，就是一個錯誤，可我甘願一錯到底。

在剛到佛身邊時，我曾聽聞有隻將要羽化成仙的蝶為了一個男人幾乎滅了整個長安，當時我笑她是個傻子，卻換來佛眉心微蹙的回眸，想來那便是我種下的因。

昔日戲言閃入腦中，我憶起他唇瓣那戲謔的笑：

若有來生，你想作什麼？

蝴蝶。妳呢？

花，那朵拖住你的花。

春綻秋落，何苦呢？

花年年都綻，我不覺苦。

可寒霜一到，便落了。

或許那便是它最燦爛的一刻。

如今，你已化蝶而去，剩我獨自苦海沉淪，只是這愛、恨怎生了結。

我望著縮在角落的兩人，他們身上血跡斑斑，已分不出本來容貌，我抬起被染紅的水袖打算給他們致命的一擊，忽然我聽見不遠處傳來誦經聲。

（……身從無相中受生，猶如幻出諸形象，幻人心識本來無，罪福皆空無所住。……）

我想起了佛、想起我的姊妹還有雷音寺。

剛想出手的我，在半空停了停，耳中似乎響起甫修成人形時，佛所說的話：切勿殺生。

我帶著滿滿的惡意笑了，「我就給你們一個活命的機會，誰先殺了對方，就可以活下去。」

丟下這幾句話後，我在床邊坐了下來，準備欣賞接下來的鬧劇，而那兩人也沒有讓我失望，只猶豫了片刻就扭打成一團。

方才還纏綿床榻的人，此刻成了生死相搏的對像，恨不能立即置對方於死地，什麼難聽的話都脫口而出，我不言不語發揮旁觀的美德，將一切醜態盡收眼底。

男子的手臂被咬出一個一個血洞，女人的脖子上則多出一圈青紫色的瘀痕，可女人的力氣到底比不上男人，很快就被壓倒在地，我看見她的頭髮凌亂散落，舌頭長長地伸了出來。

我低低嘆氣，心裡感到一絲惋惜，不是為了女人的死，而是因為她頭上的鴛鴦髻，是他今天早晨一下、一下細細梳成的。

「我已經殺了她，可以活下去了吧！」男子爬到我腳邊哀求，臉上印著五道爪痕，正流出暗紅色的血。

我看著他沒有說話，緩緩加深唇角的弧度，男子尚未將疑惑問出口，忽感到後腦勺一陣刺痛，原來是女人拼著最後的力氣用髮簪刺了進去。

「死了，對不起你的人全都死了。你，高興嗎？」我踢開倒在地上的屍體，溫柔的將他抱在懷中，他的神色平靜得彷彿只是睡著似的，那兩人的魂魄渾渾噩噩的離體，我伸手想要將其碾碎卻被一隻雪白柔荑制止了。

「他們已經付出生命的代價，夠了。」來人身上散發著藥味的青草香，一如我曾見過的模樣。

「怎麼可能會夠，」我恨恨地咬牙，「若沒有他們，他不會死。」

掩不住的輕嘆響起，「他是妳強求來的緣分，妳可想過若沒有妳，他也不會死。跟我走，就算回不了佛前，也別迷失在紅塵中。」

一切都是因果，不該出現的飛仙 、不該存在的緣分，所有人都錯了。

我知道這是我的機會，但我拒絕了，就算這情是個錯，我也寧願一錯到底。

無視那一聲聲的呼喚，我捧著他緩緩朝屏風走去，袖口溫柔擦去他臉上的汙漬，宛若慈母般低語，「以後我會陪在你身邊，我們永遠在一起，再也不分開。」

沾了七情六慾的身軀異常沉重，每走一步都彷彿巨石壓身，我知道我終究對佛失了信，再回不去那清淨樂土。

翌日，被血腥味引來的捕快推開門，發現兩具倒臥在地上的屍體，經仵作檢查後兩人是互傷致死，可奇怪的是這家的男主人從此失了蹤影。

後來有人在畫室裡見到那檀色雕花的屏風，上頭素白的畫布沾滿了過豔的鮮紅，曾經驚豔村人的飛仙失了蹤影，卻多了一隻吊額金睛的白虎和一名靠在白虎身上休息的書生，那書生的模樣和失蹤的男主人彷彿是同一個模子印出來的。

那年仲夏，天象出現異變，炎炎六月天居然飄起滿天飛雪，落得足足有三尺之深。

§

「讓妳壓軸果然是對的，這大概是我們之中最完美的結局。」水瑟吸了吸鼻子說，我看見她眼眶又紅了。

墨香莞爾一笑：「什麼是好，什麼又是不好，不過是見仁見智的答案罷了，我們只是在說故事而已。」

這真的只故事嗎？

我按著頭，腦中無數畫面如走馬燈飛掠而過，我看見另一個自己，站在某個男子的身後，陪著他一起注視著塵世，衣著隨著朝代更迭而不斷改變，唯一不變的是雙眼中暗藏地眷戀。

然而那個男子的臉，始終覆蓋著一層迷霧，讓我怎麼樣都看不清。

「既然如此，不如也聽聽我的故事吧！」

此時一直坐在櫃台前的女掌櫃忽然走了過來，好似三寸金蓮的腳顛顛簸簸地走著，未施脂粉的臉年輕而嬌媚，二八佳人，正是風華正茂的時候。

第十章　入骨相思恨

女掌櫃話一出口，所有人都靜了下來，十雙眼同時落在她身上，其中最訝異的就是我，日夜相處我竟不知她不是人！

女掌櫃雙頰微紅，緊抿的唇緩緩開啟。

§

陰曹地府、枉死城、黃泉路、彼岸花、三生石、孟婆亭、忘川、六道輪迴，一步一徘徊，一念一凝眉，數滴相思淚，半碗忘情湯。

傳說有個地方叫作「情醉」。

沒有人知道它確切出現的時間點，彷彿天地誕生之刻它就已經默默坐落於陽世與陰間的分隔點，在每個深夜點起昏黃的燈火，用魅惑的氣息勾引夜路的男子，換取一夜牡丹花下的溫柔。一個極痛與極樂並存的所在，那些無助迷惘的怨靈不願飲下孟婆湯，就會到這裡來，帶著活著的怨、死去的恨，等待報仇的機會。

那是由愛人的血、淚所形成的，有男有女。在陽世被拋棄的愛人，受不了窒息的空洞，宛如落花般的凋零，含怨的鮮血帶著淒厲的恨滲入地底，到了陰間，支離破碎的魂魄仍然夜夜悲鳴，歷時萬千年交織出這個銷魂中閃爍著腐朽和殺意的地方。

所有鬼都知道，「情醉」裡有一個神秘的女人，她打從很久以前就存在著，如真似幻，像一個最虛無飄渺的夢。她的雙眼總是帶著冰冷的憂傷，彷彿穿透眼前一切般凝視著遙遠彼方，她稱自己為夢憂，夢裡含憂，她就是我。

真正的名字我早已經不記得，在這裡，名字不過是一個代號，脫去表象的皮囊後，塵世的稱謂還有什麼好在意，可是忘得了自己、忘得了回憶，卻抹不去那深入骨髓的嗔、癡、愛、恨。

我和其他在「情醉」裡的鬼不同，他們只是短暫的過客，心願了結後就可以無牽無掛地邁向來世，而我是一抹空白的靈魂，一抹有前生沒來世的孤魂。在我放棄那碗孟婆湯的時候，就注定了我往後永無止盡的飄泊。

「來吧孩子！喝下去，忘了所有不開心的一切。」每次，慈祥的孟婆見到我，總會端起那碗清澈的液體向我微笑。

那味道很香，香得讓人心動，我無法形容，只知道那彷彿是集合世間所有美好的誘惑。

我望著她，有好幾次幾乎忍不住要伸出手。是啊！只要我喝下孟婆湯，只要我過了奈何橋，我會徹底的忘卻記憶中那個人，忘記他給我的苦，忘記他給我的樂，可是我不想忘，哪怕會將自己折磨得粉身碎骨，哪怕過往已被時間磨得殘缺不堪，我仍不想忘。

輕聲一嘆，駐足、回首，我還是選擇了轉身，即使那將又是一次千年的孤獨。

很可笑嗎？我不明白，我只是捨不下記憶中那雙深邃的眸，即使輪廓早已模糊。

「夢憂姊，妳哭了。」負責服侍我的小丫環發出一聲驚呼。

我抬手輕拭，眼角落下一抹晶瑩，帶著腥紅的水珠刺痛了眼，至痛無淚、至悲無語，我以為，自己早已忘記該如何哭泣。

忘了是什麼時候，哪個朝代的文人寫過這樣的一闋詞：

滴不盡相思血淚拋紅豆，開不完春柳春花滿畫樓。
睡不穩紗窗風雨黃昏後，忘不了新愁與舊愁。
嚥不下玉粒金波噎滿喉，照不盡菱花鏡裡花形瘦。
展不開的眉頭，捱不明的更漏。

恰似遮不住的青山隱隱，流不斷的綠水悠悠。（曹雪芹〈紅豆詞〉）

§

鏡子照出我的身影，俏生生的碧玉年華，不管我死了多久，仍維持著過世時的容顏，正是少女懷春的年紀，曾是那樣的單純和天真，認真地相信著有所謂的天長和地久。

可等待著我的卻是空洞的悲傷和絕望，出身貧苦農家的美麗女子，在莊稼欠收的時候，往往是維持全家溫飽的籌碼。女人的美麗可以是她的武器，卻不一定能帶來滿足或快樂。

十四歲，還不懂愛情是什麼東西，一頂紅色小轎已經進了家門，胡亂吹打一番抬入了鄉裡吳姓大宅，莫名其妙嫁給了吳老爺有癆病的寶貝兒子，對方足足比我大了二十歲，媒婆說是天作之合，合得諷刺。

我一個毫無背景又懵懂無知的少女，只能縮在大家族的陰影下委曲求全，過著大門不出二門不邁的日子，靠著看別人臉色小心翼翼地生活，深怕有個閃失惹來他人不快。

我是個認命的人，也沒指望爭過什麼，只想就這麼安安分分地過日子，那吳公子也算是個好人，雖然是強娶回來的妻子，對我倒是真心真意，我曾想若一輩子這麼過了也是不錯。

但人生中幸總是多於不幸，我十五歲那年吳家家道中落，吳老爺看著散盡的家財吐了一口血，從此沒再起來過，我那苦命的丈夫病情自此更加惡化，終日臥倒在床上，一大家族的生計落在我一個女人身上，經常三更才睡著，五更又被噩夢給驚醒，可憐一朵嬌豔的花朵，就這麼一日日憔悴凋零。

後來丈夫的病情更加嚴重，沒撐過那年秋天，我簡單辦了喪事，卻在那日遇上了他，我命中的剋星。

那是一場意外，荒蕪原野上我獨自跪在墳前，忽然一個踉蹌往後栽了下去，男子獨有的氣息直撞而來，我雙腿一陣無力癱倒在他懷中。

我抬眼偷看他，稜角分明的臉孔，氣宇不凡，心跳在剎那間加快，臉紅的垂下頭，我從沒想過世上會有生得這麼好看的男人。

「姑娘，妳沒事吧？」

他的氣息噴灑在我頸邊，薰得我一陣暈眩，情不自禁舔了下乾澀的唇瓣，他彷彿受到刺激，瘋狂地吻了我，我的世界起了天翻地覆的變化，第一次感到自己活著的意義。

他說要娶我回家，無奈家中無法接受一個死過丈夫的女子，於是他要我假死，據說吃了三寸茉莉花根就可以詐死三個時辰。

我照他所說吞下，義無反顧地吞下，沒想到一切只是他謀奪吳家僅存家產的謊言，他其實是吳家二房的子嗣。

可憐我一個羸弱女子，被惡意埋入了三尺地下，在黑暗中痛苦掙扎，我又累又怕，一聲一聲哭喊著他的名，可沒有人回應我，什麼也沒有。

我的頭髮亂了、妝花了、衣服也扯破了，指甲在棺蓋上留下一道一道血痕，才剛滿十八歲的年紀，卻在棺材中殞落。

不是死於窒息，而是絕望與痛苦的糾結，刺得心頭上一刀一刀的凌遲，每一下都深刻入骨。

§

陳年女兒紅、花雕、桂花釀，還有媚豔入骨的吳姬，頻頻斟酒勸客嘗。「情醉」的夜晚猶勝秦淮河畔，吳儂軟語，水袖翩翩，梨花似雪草如煙，嬌娥宛轉黃昏裡，眉目流轉間，無盡水色風流似畫。

「姊姊，時辰不早，該走了！」

我應了聲，點上最後一抹胭脂，鏡中人依然絕美如昔，掀開珠簾一見，腳下一陣虛軟，是他，竟然是他——

長的眉，狹的眸，暖的手，溫的顏，仍同當年，俊朗儒雅的笑，僅一眼，人就暈了。

「你，回來了。」伸出的手情不自禁扯住衣袖，麻木的心倏而抽痛，以為早已冰冷的軀體原來還有知覺殘留。

「妳在等我？」他衝著我微微一笑，和煦有如曾經，胸口猛然一陣，悸動竟是不曾稍停。

「我在等你。」是的，我在等你。當年一別，竟成永訣，日思夜盼，這一日我已等得太久太久，巴不能吃你的肉、飲你的血。

「可我不曾見過妳，又怎麼會離開妳？」他皺眉，一臉莫名，眼中滿是疑惑。

「不是今生。」我垂頭掩唇低語，眼角波光盈盈。

他說的沒錯，今生我倆不曾相識，可這情債是前世欠下的，恰似一張蛛網細細糾纏，將我倆同時困在其中，剪不斷理還亂。

「那是什麼時候？」他笑著詢問，將我所言當作是玩笑，無傷大雅的調情，有秘密的女人更容易讓男人動心。

「唐天寶十四年。」我淡淡回答，聲音透著一絲顫抖，彷彿又看見那無邊無際的黑，結痂的傷口疼了起來，連呼吸都感到困難。

「天寶十四年，妳當自己是楊玉環嗎？」他看著我失聲大笑，「若妳是楊玉環，我大概就是李隆基了吧！為了妳一曲霓裳舞送去半個天下，怕也值了。」

不！你不是！一個聲音在我腦中大喊，你不配呀！李隆基好歹愛過楊玉環，但你呢？你留給我的只是一個又一個的謊言。

你可知道，大唐天下只有一個楊玉環，卻有千千萬萬數不清的王寶釧，可嘆他鄉風流子，猶是深閨夢裡人。

我該殺了你的，但是，我狠不下心，誰愛誰有什麼關係。我只想要你，一生一代一雙人，唯有你，是我的歲歲年年。

數不清多少年頭，最初的記憶仍停在交會的剎那，忘不了你眉眼間一閃而過的溫柔。

整整千年過去，你已不記得我，當年一抔黃土，埋葬的是我還是你的從前。

但沒有關係，我會提醒你，一次一次，喚醒被你捨棄的從前，世間滄海桑田，可你在，我也還在，如此便已足夠。

「縱有弱水三千，我獨取一瓢飲。」冷月下，玉階生白露，你暖言低語，我垂首傾聽，眸邊一顆美人痣晃動，宛如垂淚。

相似話語，熟得讓人心碎，記不得哪個夜晚，耳邊曾如此迴盪，癡戀纏綿，恰似從前。

彷彿那絕望、黑暗的千年，僅是我某日午後，偶發的一場噩夢。

有花，有酒，有風，有月，美人如玉醉人膝，紅袖輕揚，笑語嫣然捧玉盅；芙蓉帳裡鴛鴦枕，佳人依舊，章台細柳翠如斯。

§

他被留了下來，在「情醉」裡成了我的入幕之賓。

「姊姊妳快殺了他吧！」

「留下他，妳會後悔的。」

反對的聲浪一波接著一波，我閉上眼、關起耳，裝做看不見也聽不著。愛、恨，早就分不清，可我……放不開也捨不掉。

我等了千年，好不容易才見到他，殺了他緣分就斷了，我沒有勇氣再等下一個千年。

偶爾，我會向他說起從前，當然他早已不記得。

是呀！他怎麼會記得，那位於邊陲的小鎮，曾有個愚昧女子為他傾盡血淚，我的今生、他的前世。

「縱有弱水三千，我獨取一瓢飲。」昔日俊朗青年，立於簷下，一襲青衫如水，目光極致癡纏。

是他，不是他，千年過去，一切已難如從前，可我的時間儼然停住，怎麼也走不開。

「妳說的我都不記得了，可我保證這世我會愛妳，忘了那些事好不好？」每次在我提起從前時，他都會撫著我的髮溫柔的說。

忘記！該忘嗎？我不知道，要是我真的能夠寬恕他，或許心就不會被仇恨鞭打得那麼痛。如果忘記那麼簡單，「情醉」就不會存在了

夢憂再美，充其量不過是「情醉」裡一縷怨恨的魂。

緊握的手張開又闔上，無數夜裡他在鬼門關前幾度徘徊，我高舉的手一天

比一天軟弱無力，我記得那被背叛的恨意，也記得那深刻的愛意，一次次回想，都是愛與恨的拉扯。

有時只是寒夜裡一杯溫茶，有時只是夏日一襲薄衫，每個瞬間的回眸都刺骨刻心，恨比愛來得容易，可要壓制存在的愛，太難了。

「夢憂，妳在他身上用了太多時間，不要破壞規矩。」終於「情醉」的主人找上了我，我從她秋水似的眸子裡讀到同情、憐憫，還有看透一切的殘忍。

進了「情醉」的生人是來還債的，沒有人可以活著離開。

我輕咬著下唇，偷來的時間，仍是到了盡頭，只是他許我的一生，依舊是場空。

她看著我低低一聲長嘆，眼中是似曾相識的瞭然，「若是妳下不了手，就讓我來吧！」她的聲音很輕，像一吹就散的清煙，卻在我耳中不斷迴響、放大。

「不！」我聽見一聲尖叫從靈魂深處發出，帶著撕心裂肺的絕望，「我的男人，由我自己來殺！」我忍著胸口滿溢的疼，一字一字地說出，他是屬於我的，死也只能死在我手上。

我曾經在黑暗中發過誓，要親手殺了他，那是他欠我的債。

「放下，妳才能得到真正的幸福。」她目光凝望著遠方喃喃自語般地說道：

「太執著，只是苦了自己。」

我心頭湧上一股奇異的波動，不知為何我感覺她那句話並不是說給我聽，而是在告訴她自己，聽說她也曾經深深的愛與恨過，為了一個負心出家的男人。

「井底點燈深燭伊，共郎長行莫圍棋。玲瓏骰子安紅豆，入骨相思知不知？」（溫庭筠〈新添聲楊柳枝詞二首〉之二）

哀怨曲調忽自長廊一隅傳來，我聽著聽著不知不覺間淚水沾濕了衣襟。

§

夜裡我溫了一壺酒，陳年的女兒紅，那是我出生時爹爹親手埋下，期望我將來成親能夠一世幸福，可惜後來雖然嫁了人，卻始終來不及喝，從天寶到現在，已不知幾個朝代的重量。

小丫環伺候我換上一襲薄紗羅裙，那是一件鑲金邊的紅裙，上頭繡了幾朵五色並蒂蓮，碎碎點點，輕靈又雅致，外層的透明白紗似給花瓣蒙上了霧，說不出的輕盈靈透。

這衣裙曾是我幻想中，與他成親之夜的穿著，而如今我套在身上，竟有如千斤般的沉重，那鮮豔的紅彷彿是用我的血渲染而成。

「妳今天看起來特別美。」他的手撫上我的脖頸，在我光滑如緞的皮膚上摩挲著，他的目光異常灼熱，彷彿一輩子也看不夠似的。

「真的？」我笑了，眼中分明酸澀異常，可我仍是笑了，一笑百媚生。雙肩微搖，薄如蟬翼的紅色霓紗輕墜至地，凝肌玉脂映襯著豔紅抹胸，勾勒出絕美的魅惑。

「要喝酒嗎？」我捧起碧青瓷罈，開封倒出，斟滿兩只素白，色凝如雪，暗香迎送。

「這是什麼？」他詫異的問，臉色有些蒼白。

「女兒紅，最陳年的女兒紅，遠遠超過一千年。」我癡笑，胸口有一絲悶痛。

「妳瘋了？這根本不是酒……」他伸手輕觸，指尖沾上白色細粉，「是灰，是骨灰呀！」

「你忘了嗎？我告訴過你，這是爹爹給我的陪嫁酒，我們約好要在成親時一起飲下，可你騙了我，讓我獨自在絕望中嚥氣。」我瘋狂地笑著，這一段我從不曾對他提起，他的額角，有汗水涔涔滑落。

「我一直在想，如果我們的故事只有前半場該有多好，你說要我，說『弱水三千獨取一瓢飲』。」我依舊笑，輕撫他的臉龐，指尖瑟瑟的抖，「你說『生不能同衾，死當同穴』，可你為何丟下了我？」

「我不知道，這些事與我無關！」他甩開我的手，神色中透著倉皇，想逃，門早已被從外鎖上，註定好的結局，誰也躲不開。

「沒有用的，進來了就別想出去。」我牽起他的手溫柔輕語，「我在此蹉跎千年，好不容易等到你，你說我會不會放手？」

佛說，執著是苦。可哪怕執著是毒，我亦甘願沉淪。

「妳要是不放我走，那就一起死。」他搶過桌上油燈作勢要砸，我冷然淺笑，霍地拿起酒罈朝空揮灑，灰白細末當頭落下，如雪飄零。

他慌了，視線被遮蔽，眼前一片黑暗，什麼也看不見。

我也是怕黑的，在棺材中醒來，周圍一片死寂，那個噩夢，我深深恐懼了千年。

油燈落了地，火沿著衫袖往上爬，泡了酒的骨灰出乎意料的易燃，我佇立一旁，看著他在火中翻滾、哀嚎，整個人被鬼火活生生燒成了灰，融入遍地雪白之中，哪個是誰的灰，再也無從分辨。

我捻起餘灰輕觸，一口一口將滿地骨灰全數吞入腹中，好溫暖呀！如同你的懷抱。等了漫長時光，你終於是屬於我的，只是想不到，竟是以這種方式。

如此甚好，「你泥中有我，我泥中有你」，再無人能將我們分開。

（你說過，弱水三千獨取一瓢飲。）

（你說過，生不能同衾，死當同穴……）

§

故事在喟然長嘆中畫下句點，眾人一片沉默是無聲更勝有聲，我眼尖的看見櫃檯上擺著一個碧綠色的瓷罐，一如故事中所提，女掌櫃伸出手，在上頭溫柔擦拭，眼中是無盡愛憐。

「唉呀！這雨什麼時候停了？」忽然，秋姒指著窗外發出驚呼，我順勢看去，正好迎上清晨第一縷朝陽。

蔚藍的天空上出現兩道七彩的弧線，分別是虹和霓，根據古老的記載，那是一種祥瑞的徵兆。

我們坐在窗邊，欣賞著那難得的絕美，直到彩虹從天邊慢慢褪去，然後夢生起身說了第一聲再見。

「你們要走了？」不知為何，我心裡湧上了股淡淡的惆悵，雖然只一個晚上，我卻覺得好似認識了他們很久很久，有種難以言述的熟悉。

「雨停了，天也亮了，我們不得不走。」墨香微微一笑，話中隱有深意。

「不能再待一日嗎？」我央求著，總覺得和他們之間有著說不完的話，那怕多在一起一分鐘也是好的。

琉璃唇畔綻出一抹嫣然，「說什麼傻話，妳也要和我們一起走啊！」

「我，為什麼？」一陣錯愕襲上心頭，都說人鬼殊途，怎麼會要我和他們一起走呢？

「真是可憐，」惜然撫著我的臉輕嘆，「還沒有發覺嗎？」

發覺什麼？

我無聲的張大了嘴，不明白，我是真的不明白。

「不知道也沒關係。」水瑟幽幽地道：「剛開始都是這樣的。」

「不過，很快就會習慣的，很快……」秋姒接著她的話語低喃，「只要妳放下就行了。」

放下，我為何要放下？

我突然害怕了起來，腦中被遺忘的東西越發清晰，但我不願回想，直覺告訴我一旦記起，我的世界將會崩塌。

「夠了，別再逼她。」夢憂走上前擋在我與他們之間，「我們都是過來人，給她一點時間。」

「姐姐。」我求助的拉住她的衣袖，對於這個曾相處三個多月的女子，透出一份茫然的依賴。

「別怕。」如煙靠了過來握住我的手，清雅幽香緩和了我內心的慌亂與不安，「這只是一個過程，不過是回到原點罷了。」

「是呀，等到妳想起來，再來找我們。」蝶馨抹俏皮的眨眨眼睛，「我們會等妳的。」

說完之後，幾人朝我揮了揮手，身影在越發閃亮的日照下，慢慢轉淡好似蒸發般的消失了，只留下我獨自面對一個摸不著頭緒的謎。

後記

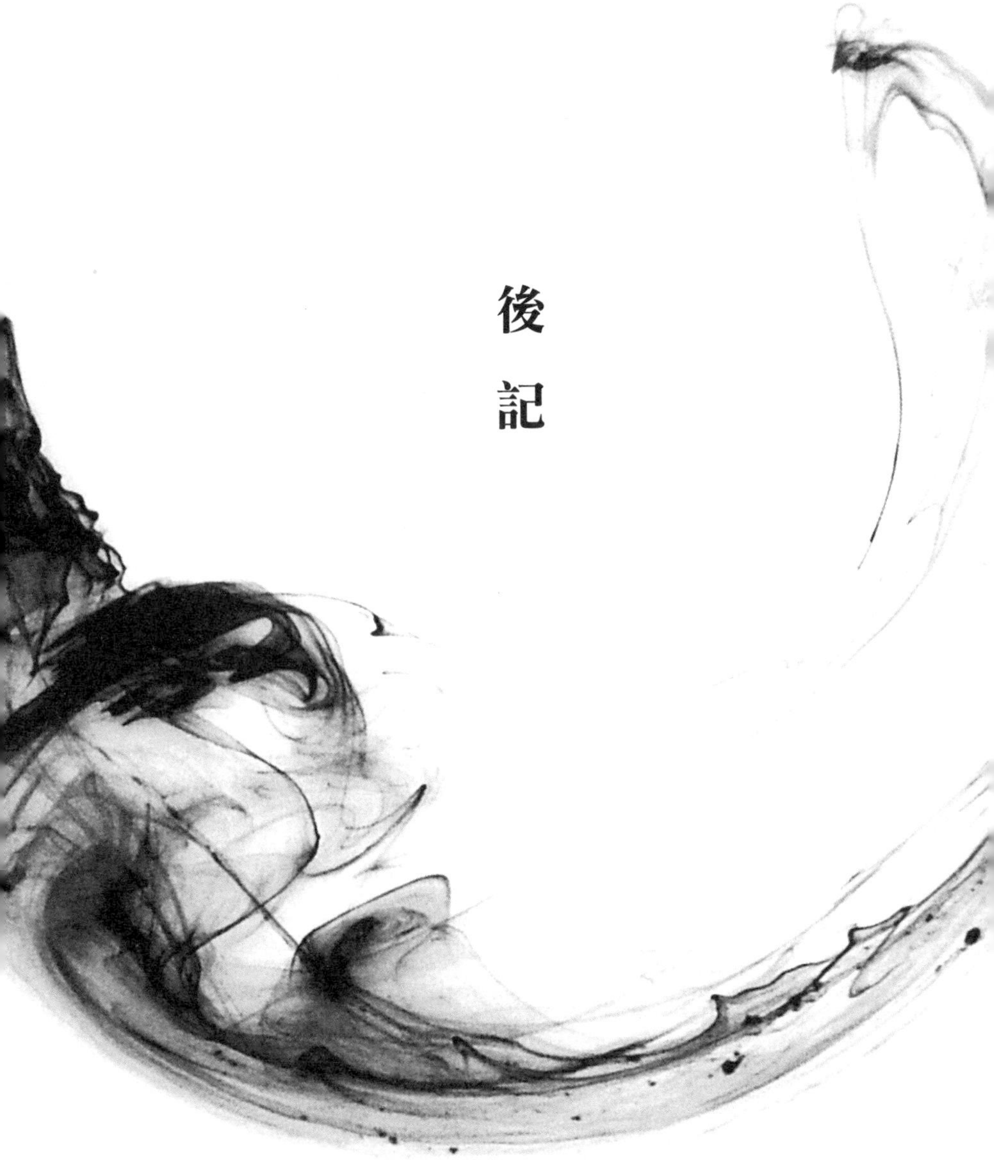

他們離開後，我在山裡兜兜轉轉，意外來到一座寧靜而荒蕪的古城，老舊的城牆上掛著一塊年久失修的城匾，上頭用小篆寫著「酆都」兩個大字。

而在城門口，開滿了鮮豔的紅花，花海盡頭是一條滾動的長河，河邊矗立著一塊暗色的巨大血石，石上刻著兩行有些模糊的草書，我上前仔細觀看，刻的是：猶記彼岸花開淚，難忘三生石上名。

驀然，眼眶一陣酸澀，有什麼模糊了我的視線。

如何讓你遇見我，
在我最美麗的時刻　為這，
我已在佛前求了五百年，
求他讓我們結一段塵緣。

（席慕蓉《一棵開花的樹》）

這時，一個玉雕似的小娃娃端著瓷碗，從遠處跑了過來，「姐姐、孟婆姊姊，妳終於回來了。」

一聲孟婆、一句回來，狠狠地震攝了我，昏眩的靈臺剎時豁然開朗，子皿、子皿，合起來不就是個孟字嗎？我的身分其實從來都呼之欲出。

垂下頭碧綠色的水面，倒映出一古裝女子的容顏，是我也不是我。

驀然回首，身子不知何時飄了起來，一具和我一模一樣的軀殼渺無聲息地倒在路邊，原來我已經死了！現在回想起來，眾人聚在一起說故事的那個時候，地面上沒有看見任何影子，包括我自己的。

而我終於明白自己為何對這幽冥之事充滿欽慕與嚮往，是因為我本就該是這裡的一部分，對琉璃等人那股莫名的親暱，來自於他們都曾飲下我親手奉上的湯，那是世間上最沉也最澀的藥，而今也輪到了我。

拭去眼角的晶瑩，我將碗中甘、苦、辛、酸、鹹盡數飲下，回首將一直放在懷中的筆記本使盡扔了出去，塵緣已了，這東西留給活著的人吧！

藥入喉的瞬間，一名白衣男子緩步朝我走進，伸出的手一如千年前那般溫暖。

「歡迎回來。」他開口溫潤如玉的聲音仍是那樣令我悸動。

「我回來了，我的王。」我揚起一抹明媚的微笑回應，將所有情慟收入內心一角，親身走過這人世一回，更加體悟了「本來無一物，何處惹塵埃」的道理，此刻看著他，我的心裡也無風雨也無晴。

耳中似聞虛空中有吟唱之聲傳來：「身前身後事茫茫，欲話因緣恐斷腸。吳越溪山尋己遍，卻回煙棹上瞿塘。」（《太平廣記》卷〈悟前生一・圓觀〉）

愛也好、恨也罷，都與我再無瓜葛，我是孟婆，也僅是孟婆而已。

番外篇　曾經孟婆

相傳，黃泉路上有座橋，叫奈何。橋尾，有一個名為孟婆的女人候在那裡，日復一日給每一個經過的路人遞上一碗濃湯。凡是喝過那湯的鬼就會忘卻今生所有牽絆，了無牽掛地重新開始道開始下一世輪回。

從有記憶以來，我就做著同樣的工作，在久的難以想像的歲月中，我幾乎忘了自己從哪裡來、曾經有過怎樣的人生，彷彿我天生就是為了熬湯而生。

每天都有無數的鬼魂經過我面前。他們之中，有自願前來的，滿心歡喜可以展開新生；也有的是被押送前來的，哭喊著怎麼也不肯再入輪迴。而在種種過客之中，最令我不解的是那些為了愛情而瘋狂的人，我不明白愛情究竟有什麼魔力讓那些人難以割捨。

「王，愛情是什麼？」

在一次那個引領進入幽冥的男子出現時，我忍不住問出心底的疑問，他愣了愣一如往常的笑中帶上一絲訝異。

「那是比蜂蜜更甜、比黃蓮更苦的東西。」錯愕過後，他回答了我的問題。

「我想知道愛是什麼，你可以教我嗎？」他曾說過，只要我想可以教我任何事。

「……可以，」略為沉吟後，他給出了答案，「但妳要記住一件事，我永遠不可能真正愛上妳，希望妳不要後悔。」

後悔，為什麼？

我眨眨眼，眸中盡是不解，這個時候的我還不懂，愛情真正可怕的地方。滿心只有對愛情的嚮往與好奇，凡人說「得成比目何辭死，願作鴛鴦不羨仙」，忘卻生死甚至連成仙都比不上，不知那滋味究竟多麼的醉人。

§

他是重然諾的，既然答應了我就會做到。

自那天起，他極力所能的寵我、疼我，彷彿要把全天下的美好都拿到我的面前，奇花異草、瓊宇樓閣，胭脂紅粉、綾羅綢緞，只要我想他全部滿足我。沒有公務的日子，他會陪著我輕歌漫舞、談天說地，無論在怎麼無聊的話題，似乎從我口中說出都變得不再無趣。

我從沒有過這樣愉悅的日子，內心洋溢著滿滿的歡喜，被人捧在掌心的嬌憐，讓我內心盪漾著一種奇妙的波動。

漸漸地，我的世界變了，眼中除了他再也看不到其它，我熬湯的時候想著他，不熬湯的時候也想著他，這就是愛嗎？我困惑地想卻不明白。

「我愛你嗎？」我問他，既然從我這裡得不到答案，他也許會知道。

可就如同他說過的話，不管他做了少事，從來不曾對我言愛。

「我沒有辦法回答妳，我不懂愛。」他是天生的仙人，從來都忘情絕愛，那怕學得再像也仍然不是愛。

「那你有辦法幫我確認我愛不愛你嗎？」我看著他笑得一派天真，渾然不知自己的問題有多傻。

他望著我微微一笑，眸中閃過我不懂的情愫，然後猛地拉過一名宮女當著我的面吻了上去。

那一刻，我的胸口彷彿有什麼東西爆了開來，艱難地、急促地喘息，撕裂般的痛楚讓我疼得無法呼吸。好痛，那是我從來沒有過的。

我攀著他的肩膀，蒼白著臉虛弱的問，「我的胸口好痛，怎麼會這樣？」

「疼？」他苦笑低語，「因為妳中毒了，這就是妳想要的愛情。」

原來愛情是會痛的，我迷迷糊糊的想，「那你呢？你也會痛嗎？」

他搖頭，「妳忘了嗎？一開始就說過，我不會愛妳。」

「那，你會娶我嗎？」我想起人世間的愛侶最終都會結成眷屬，揚首好奇的問他。

「妳想要，我就娶。」他一如往昔寵溺的同意，好似我提出的要求再尋常不過。

我應該覺得高興，不知怎的卻笑不出來，他為何能夠答應的如此輕易，甚至連思考的時間都沒有，這是頭一次我在愛情裡體會到了苦的滋味。

§

滿滿的紅很快佈滿了冥府，閻王即將大婚的消息很快傳遍了天上人間，我看著逐漸成形的大紅嫁衣，內心卻有股說不出的空洞。

在動心之後，我反而看清了他的感情，他對於我就像是一種責任，或許有喜歡卻無關情愛。他的眼裡沒有我，雖然看著我，但卻又好像穿過我看著另一個人。

「我愛你、我愛你、我愛你……」

彷彿為了彌補他的不愛，我一次又一次對他表達愛意，而他只是笑卻不回應，於是我真的相信，或許他是不懂愛的。

然而，婚禮那天，出乎意料的變數讓我知道自己錯了，錯得離譜。

當那個和我有七分神似的女子走入大廳時，他眼神剎時熾熱起來，那是我從未見過的。

「她，就是你找的替身？」那女子看著我，笑語中帶著輕蔑與嘲弄。

他沒有否認，滿眼深情的望著女子，「她怎麼能和妳比？」

我的心緊緊揪成一團，被絕望緊緊地包裹住，原來我不過是他的慰藉品而已。

他們又說些什麼，我一句也沒聽見去，等回過神來不知不覺已來到了一處山崖之上。

風吹著我的衣襬，像凋零的樹葉，在寒風中無助地搖晃，如同我的愛情。最初的登場，也是最終的落幕。

遠遠地，我看見他追了出來，一聲聲喊著我的名，那眉眼間的焦急不是假的，可我承受不起。

我終究還是後悔了，對於愛情這件事。

問蓮根有絲多少，心為誰苦、雙花脈脈相問，只是舊家兒女。（金元好問《摸魚兒》）只可惜與他有舊的那個人，並不是我。既然如此便忘了吧，不屬於我，又何苦執著。

淒然一笑，我轉身自山崖上一躍而下……

附錄　妖物誌典

女厲

魯成公八年，晉殺其大夫趙同、趙括。晉侯夢大厲被發及地，搏膺而踴曰：「殺餘孫，不義！餘得請於帝矣！」壞大門及寢門而入。公懼，入於室。又壞戶。公覺，召桑田巫。巫言如夢，公曰：「何如？」曰：「不食新矣。」

公疾病，求醫於秦，秦伯使醫緩為之。未至，公夢疾為二豎子，曰：「彼良醫也。懼傷我，焉逃之？」其一曰：「居肓之上、膏之下，若我何？」醫至，曰：「疾不可為也。在肓之上、膏之下，攻之不可，達之不及，藥不至焉，不可為也！」公曰：「良醫也！」厚為之禮而歸之。六月丙午，晉侯欲麥，使甸人獻麥，饋人為之。召桑田巫，示而殺之。將食，張；如廁，陷而卒。小臣有晨夢負公以登天，及日中，負晉侯出諸廁，遂以為殉。（《左傳・成公十年》）

後人又分厲為男女，男稱男厲，女則為女厲。

蝶仙

在浩如煙海的民間故事裡，有很多關於蝴蝶的傳說，但最有代表性的要數「梁祝」、和雲南大理蝴蝶泉的傳說。

梁山伯和祝英台的故事在江浙一帶可謂家喻戶曉，故事的男女主角是一對同窗共讀的情侶，但是在封建社會被迫女扮男裝出門求學的祝英台，要想和梁山伯自由戀愛，是不被允許的。因而，在故事的最後，為了反抗父母安排的婚姻，雙方殉情自盡，死後化為一對美麗的蝴蝶，終於能夠結成伴侶。

而蝴蝶泉由來的傳說，則是敘述很久以前一個勤勞美麗的白族姑娘雯姑同一個年青的樵夫霞郎相愛，但統治蒼山、洱海的俞王卻想霸占她。在俞王的淫威下，姑娘沒有別的辦法，只好和心愛的樵夫擁抱著跳進了位於雲南大理蒼山雲弄峰麓神摩山下的無底潭。兩人落水後，潭底突然裂開了一個大洞，從洞裡飛出一對美麗的蝴蝶，它們在潭邊互相追逐。各種蝴蝶受到吸引從四面八方向飛來，群蝶相聚，翩翩起舞，這個無底潭就是現在的蝴蝶泉。

玉兔

傳說月中有白兔，乃嫦娥所飼養，也用為月的代稱。傅玄《擬天向》：月中何有，白兔搗藥。賈島《贈智朗禪師》詩：上人分明見，玉兔潭底沒。辛棄疾《滿江紅・中秋》詞：著意登樓瞻玉兔，何人張幕遮銀闕。

據遠古的傳說，玉兔、三足烏、九尾狐同為西王母的三寶。三足烏的任務是為西王母尋找珍食玉漿，因有功勳而被派往太陽家族；九尾狐專供西王母傳喚使用，後來給大禹當過媒人；玉兔常年累月為西王母製造長生不老藥，表現最勤勞，便被送上了月宮。

嫦娥奔月後變為蟾蜍，過起「涼霄煙靄外，三五玉蟾秋」的寂寥生涯，玉兔的到來，為她增添了不少生氣。自此，她伴著玉兔搗藥，成為月宮中不可分割的一體了。

花鬼

屍體埋在花下之鬼，其魂魄與花相互交纏而無法分離，以吸食人血為生，所開花朵極美，對生人有強烈誘惑力。

鬼女

一般來說，鬼女是因為宿業及怨念而化為鬼的人類女性、尤其是年輕的女性被如此稱呼，外表為老太婆的則被稱為山姥。

三生石

相傳女媧補天之後，開始用泥造人，每造一人，取一粒沙作計，終而成一碩石，女媧將其立於西天靈河畔。此石因其始於天地初開，受日月精華，靈性漸通。不知過了幾載春秋，只聽天際一聲巨響，一石直插雲霄，頂於天洞，似有破天而出之意。女媧放眼望去，只見此石吸收日月精華以後，頭重腳輕，直立不倒，竟生出兩條神紋，將石隔成三段，有吞噬天、地、人三界之意。女媧急施魄靈符，將石封住，心想自造人後，獨缺姻緣輪迴神位，便封它為三生石，賜它法力三生訣，將其三段命名為前世、今生、來世，並在其身添上一筆姻緣線，從今生一直延續到來世。為了更好的約束其魔性，女媧思慮再三，最終將其放於鬼門關忘川河邊，掌管三世姻緣輪迴。

彼岸花

「爾時世尊，四眾圍繞，供養恭敬尊重讚歎；為諸菩薩說大乘經，名無量義教菩薩法佛所護念；佛說此經已。結跏趺坐，入於無量義處三昧，身心不動，是時亂墜天花，有四花，分別為：天雨曼陀羅華、摩訶曼陀羅華、曼珠沙華、摩訶曼珠沙華。而散佛上及諸大眾。」

《妙法蓮華經決疑》云：云何曼陀羅華？白圓華，同如風茄花。云何曼珠沙華？赤團華。

曼珠沙華、曼陀羅華，是佛經中描繪的天界之花。曾於《大乘妙法蓮華經》中記載過。「摩訶」的意思是大，大乘梵語發音即為「摩訶衍那」，至於「衍那」就是乘載的意思，「華」在古漢語中即是「花」之意。這些詞語出現在古梵文佛經中，意指地上之花。

據《佛光大辭典》載，曼珠沙，梵語 manjusaka，巴利語 manjusaka。又譯作柔軟華、白圓華、如意華、檻花、曼珠顏華。其花大者，稱為摩訶曼珠沙華。曼珠沙華為四種天花之一，乃天界之花名。其花鮮白柔軟，諸天可隨意降落此花，以莊嚴說法道場，見之者可斷離惡業。

烈女

剛正有節操，抗拒強暴或殉夫而死的女子。清田蘭芳《明河南參政袁公墓誌銘》：公（袁可立子袁樞）前室之子賦誠令沁源，代民償逋賦，破家猶不足，淑人自脫簪珥。且命已子賦諶鬻產以成其事。二事殊有古烈女風。

飛天

佛教中乾闥婆和緊那羅的化身。乾闥婆，意譯為天歌神、緊那羅，意譯為天樂神。原是古印度神話中的娛樂神和歌舞神，是一對夫妻，後被佛教吸收為天龍八部眾神之一。乾闥婆的任務是在佛國里散發香氣，為佛獻花、供寶，棲身於花叢，飛翔於天宮。緊那羅的任務是在佛國里奏樂、歌舞，但不能飛翔於雲霄。後來，乾闥婆和緊那羅相混合，男女不分，職能不分，合為一體，變為飛天。

中陰身

佛教書籍中記載著六道輪迴的概念，鬼乃是六道其中的一道。北傳佛教認為人死後，亡者的心識一旦離開肉身，在投生六道任何一道之前，其心識便會因業力及對自己的執愛而得一種稱為「中陰身」的細微身，以這種身存在至因緣成熟而再次投生為止。

孟婆

在中國民間信仰裡，被視為遺忘的管理者。據傳，孟婆生於西漢，姓孟，不詳其名，人稱「孟婆」。她在世時，不回憶過去，也不想未來，一心一意勸人行善。後來，孟婆入山修行，終於得道。因為當時世人有知前世因者，往往泄露天機，因此，上天特命孟婆為幽冥之神，並為她造築醧忘台。她的職責，是確保所有前往投胎的鬼魂，都帶著嶄新的記憶投生。

在《閻王經》中說，鬼魂在各殿受過刑罰後，依序解送至下一殿，最後轉押至第十殿，交付給轉輪王。第十殿掌管鬼魂投生，凡被送到這裡來準備投生的鬼魂，都會先被押到由孟婆神所掌管的醧忘台下灌飲迷湯，讓鬼魂們忘卻前生。

國家圖書館出版品預行編目(CIP)資料

聽鬼 / 血玫瑰著. -- 初版. -- 臺北市 : 奇異果文創, 2015.08-
冊 ; 公分. --(說故事 ; 5-)
ISBN 978-986-91943-4-1(平裝)

857.7　　104016149

說故事 005
聽鬼

作者:血玫瑰
封面插畫:沈青
美術設計:舞籤
執行編輯:許雅婷

總編輯:廖之韻
創意總監:劉定綱
行銷企劃:宋琇涵

法律顧問:林傳哲律師 / 昱昌律師事務所

出版:奇異果文創事業有限公司
地址:台北市大安區羅斯福路三段 193 號 7 樓
電話:(02)23684068
傳真:(02)23685303
網址: https://www.facebook.com/kiwifruitstudio
電子信箱:yun2305@ms61.hinet.net

總經銷:紅螞蟻圖書有限公司
地址:台北市內湖區舊宗路二段 121 巷 19 號
電話:(02)27953656
傳真:(02)27954100
網址:http://www.e-redant.com

印刷:永光彩色印刷股份有限公司
地址:新北市中和區建三路 9 號
電話:(02)22237072

初版:2015 年 8 月 28 日
ISBN:978-986-91943-4-1
定價:新台幣 270 元

版權所有・翻印必究　Printed in Taiwan

奇異果文創

奇思異想之果，溫柔革命閱讀